蠱《や》峯《ね》神《がみ》　よろず建物因縁帳

内藤 了

講談社
タイガ

デザイン―舘山一大
写真―Getty Images

目次

プロローグ……9
其の一　棟梁《とうりょう》がサニワに触れる……19
其の二　吉備中山の九柱……53
其の三　金屋子神が仙龍を縛る……95
其の四　坂崎製糸場跡地と坂崎蔵之介《くらのすけ》邸宅……145
其の五　ハヤリガミを連れ帰る……201
其の六　蠱峯神《やねがみ》……229
エピローグ……269

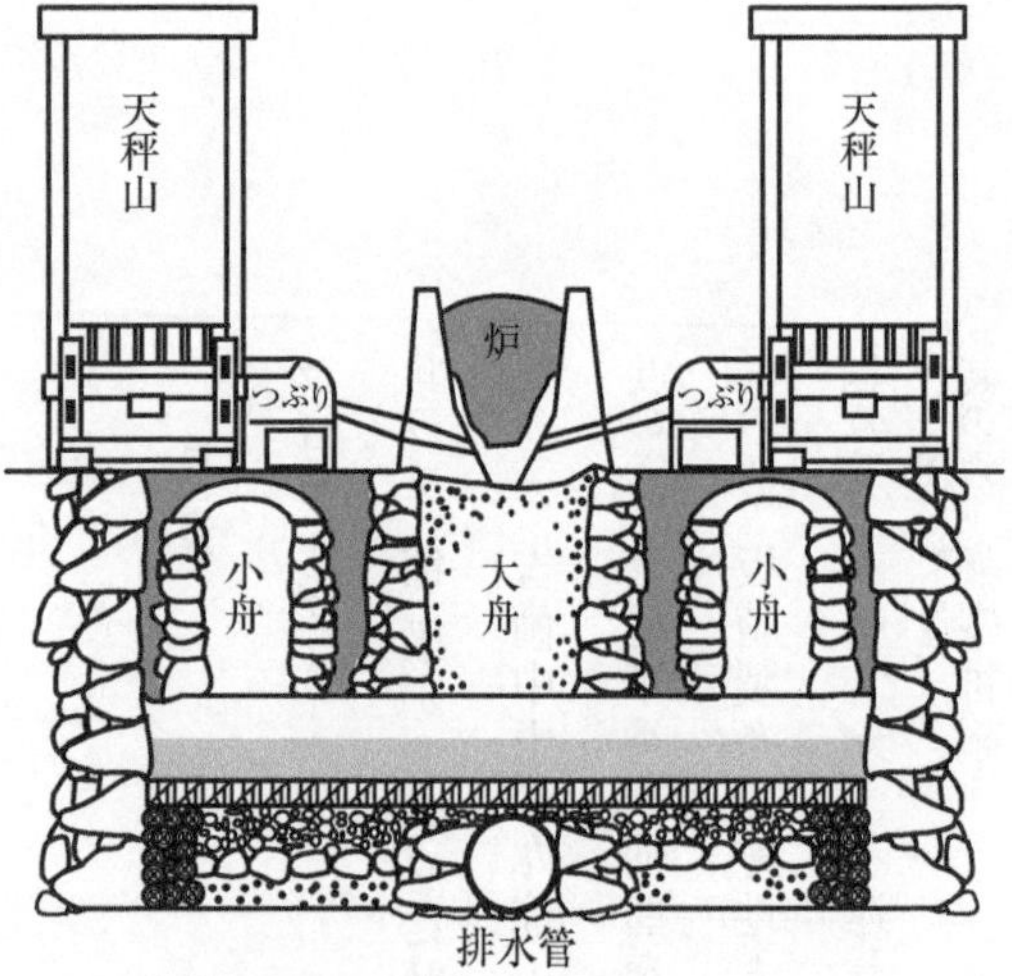

炉 大舟と装風装置の断面図

登場人物紹介

高沢《たかざわ》春菜《はな》――広告代理店アーキテクツのキャリアウーマン。隠温羅《おうら》流のサニワ。
守屋《もりや》大地《たいち》――仙龍《せんりゅう》の号を持つ曳家師《ひきやし》。鐘鋳《かない》建設社長。隠温羅流導師。
崇道《すどう》浩一《こういち》――鐘鋳建設の綱取り職人。呼び名はコーイチ。
守屋《もりや》治三郎《じいちろう》――鐘鋳建設の専務。仙龍の祖父の末弟。棟梁と呼ばれている。
花岡《はなおか》珠青《たまお》――仙龍の姉。青鯉と結婚して割烹料理『花筏』の女将をしている。
小林《こばやし》寿夫《ひさお》――民俗学者。信濃歴史民俗資料館の学芸員。
加藤《かとう》雷助《らいすけ》――廃寺三途寺に住み着いた生臭坊主。
井之上《いのうえ》勲《かおる》――春菜の上司。文化施設事業部局長。
長坂《ながさか》金満《かねみつ》――長坂建築設計事務所の所長。春菜の天敵だった。あだ名はパグ男。

蠱峯神《やねがみ》

よろず建物因縁帳

――けさの仕掛けの用意さみれば　小鉄千駄に炭万駄
けさのこもりの湯釜《ゆがま》のうちを塩と御幣で清めておいて　種をつけますお火種を
金を植えたる両職人がすきをあずける元山に　お手をあわせて拝みたならば
そこで金屋子《かなやご》お休みなさる　明日は据えます若釜を――

和鋼風土記・出雲《いずも》のたたら師　たたら唄《うた》

プロローグ

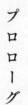

しかと聞け。足利《あしかが》が彼の地に御殿を拵《こしら》える。妾《わらわ》の良人《おっと》、汝《なんじ》らの始祖、荒ぶる御霊《みたま》まします御殿であれば、妾は聖なる鉄を吹き、その支柱を護《まも》ろうと思う……。

女神の声が宮司の背中を追ってくる。金屋子《かなやご》神は死を好む。わかっているが、おぞましい。宮司は崇敬する神への恐怖を胸の奥深くに隠して進んだ。

草履が踏みしだく枯れ葉や、杖《つえ》が打ち払う藪《やぶ》の音、虫の鳴き声などに混じって、声はあらゆる場所から湧《わ》き上《あ》がってくる。歩いても、歩いても、声から逃れることができない。

金屋子神はご神託を与えるが、実際にそれを成すのはたたらの民だ。真砂《まさご》を塊《かたまり》に吹き上げるのは至難の業で、わずかな湿気《しっけ》や気の緩《ゆる》み、技の濁《にご》りで鉄は涌《わ》かない。それどころか、溶けた鉄滓《てっさい》を爆発させてたちまちのうちに人命を奪う。たたらの作業は神事に等しい。掘り出した土を水に流して真砂を採って、風による火で鉄を吹く。土、水、風、火に、神と人の力が加わって産まれる和鉄は賜《たまもの》であり、金屋子神の機嫌を損ねて涌くことはない。

金屋子神は特別な鉄を菅谷《すがや》の村下《むらげ》に吹かせよと言った。周辺には多くのたたら場があるというのに、必ずそこで吹かせよと。岩場の手前で足を止め、宮司はグイと汗を拭《ぬぐ》った。

萱谷の村下は腕がいい。それはたたらの神である金屋子の恩寵《おんちょう》を受けているからとも言える。しかしこの女神はたいへんに嫉妬《しっと》深く、絶対的な崇拝を求める。萱谷の村下は男前だが、金屋子の女神に操を立てて独《ひと》り身《み》を通し、その寵愛《ちょうあい》を一身に受けてお天道様《てんとさま》のような鉄を吹いてきた。なるほど御殿の鉄には相応《ふさわ》しかろうと宮司は思う。

「ふう……」

岩場で宮司はまたも足を止め、どこまでも続く森を眺《なが》めた。頭上を覆《おお》う針葉樹は、細い枝葉が砂鉄のように尖《とが》っている。それが天空を覆う様は自身が真砂に埋もれているかのようだ。そそり立つ幹は真っ黒で、重なる枝葉が光を遮《さえぎ》り、隙間《すきま》を抜けて届いた太陽が『びかり』と宮司の瞳《ひとみ》を射貫《いぬ》く。竹筒に入れた水を飲み、再び山を登りはじめた。

あたりに湿った風が吹く。それに不穏な気配を感じて、宮司はさらに足を速める。

――おぬしの話に村下がどう返答するか、妾はここで見ておるぞよ――

金屋子神の声がした。

ゴチャゴチャと枝葉が絡み合う山道は所々に岩場があって、「よいしょ」と膝《ひざ》に力を込める。遠くから木を切り倒す音がして、炭焼きの匂《にお》いも漂ってくる。猿や猪《いのしし》が飛び出すような山の中だが、腰ほどもある藪に覆われているために、枝葉の動きを探る以外のことはできない。日が暮れてしまえば狼《おおかみ》も出る。今夜は萱谷に泊めてもらおう。

奥出雲の山に吹く風は稜線《りょうせん》を背とする獣のそれだ。見渡す限りの森には獣どころか神が棲《す》み、鬼も棲む。山にも海にも大地にも、そこかしこに魂が宿っている。山の命を吹き替えたものが和鉄なら、村下は荒事を司《つかさど》る金屋子神の男人《をひと》であろう。

歩き通すこと幾ばくか、頂に立った宮司の眼下に桂《かつら》の巨木と、その下にぽっかり空いた原野が現れた。巨木は高さ十丈（約三十メートル）を超え、ひときわ鮮やかに青い枝葉を茂らせている。萱谷に着いたか、と宮司は思った。

鉄を吹く大量の炭を供給するために、たたら衆は山に住み、周囲の森を切り尽くして次の森へと移動する。渡り者ゆえ荒くれや凶状持ちが交じることもあり、ともすれば山賊のようにも見える男どもをまとめ上げるのが村下で、たたらの万事を采配《さいはい》している。村下なくして鉄は涌かない。

「ゆくか」

大きく息を吸い込むと、宮司は桂の巨木目指して頂を下った。

太陽は西の稜線にかかったところだ。村とは名ばかりの集落は森の木で葺《ふ》いた仮小屋の集まりで、炭を焼く煙が立ち上り、薪を割る音が響いている。

村下の小屋の周囲には牛糞《ぎゅうふん》の臭《にお》いが漂っていた。村に入ると宮司は先《ま》ず桂の巨木に参り、踵《きびす》を返して村下を訪ねた。

宮司が表の神職ならば、村下は裏の神職だ。ご神託を受けて若釜の設《しつら》えを段取りするのは珍しいことだが、此度《こたび》は萱谷の村下なしにはことが進まぬ。宮司は知らず唇《くちびる》を引き結び、両手を拳《こぶし》に握っていた。

「その鉄を儂《わし》に吹かせよと、ご神託が降ったですか。まげな（立派な）若釜も拵ぇェと？」

土間に筵《むしろ》を敷いただけの小屋うちで、菅谷の村下は呟《つぶや》いた。梁《はり》には皮を剝《む》いて串刺《くしざ》しにした蛇が干してあり、囲炉裏にくべた柴《しば》がパチパチと火の粉を舞い上げている。

「そうじゃ。それも、ただの若釜ではいかんので」

ここが肝心と心を込めて宮司が言うと、村下はギロリと目を剝いて、

「なにがいかんのです」

と訊《たず》ねた。宮司は答える。

「お社を護る鉄だで、普通じゃいかんと金屋子さんは言っておる。荒魂をすずしめるのに生娘の血が入り用じゃそうな」

「人身御供《ひとみごくう》が欲すいってことですか」

金屋子さんらしいなと村下は言って、熾《お》きのように充血した目を宮司に向けた。

鉄を吹くとき、村下は炎の色で涌き具合を見極める。一塊の鉧《けら》を生むため火を焚《た》く長さは三日三晩。これを一代《ひとよ》と呼んで、一度のたたらで概《おおむ》ね三塊の鉧を生む。それはほぼ十日にわたって眼球を灼熱《しゃくねつ》に晒《さら》し続ける行為である。両目で見れば双方の目が焼けてしまう

ので、長く仕事を続けるために片目を瞑《つぶ》って片目を守る。それでも眼球は徐々に焼け、時が経《た》てば潰《つぶ》れてしまう。たたら衆には目を病む者が多いのだ。

「そうは言っても、人が入った鉄など沸きゃすません」

「もちろんじゃ。そこは金屋子さんもわかっておられる」

村下は微《かす》かに口を開け、けれどなにも言うことなく、ただじっと宮司を見つめた。

なぜなのか、その表情に宮司は胸騒ぎを覚える。

「なんじゃい」

と訊《き》く。

「……いや……」

村下は宮司から目を逸《そ》らし、喉仏《のどぼとけ》のあたりをガリガリ掻《か》いた。

「なんじゃ。言うてみ」

「いや」

と、村下はまたも言う。宮司は案じて言葉を重ねる。

「捧《ささ》げもんは金屋子さんがお選びになる。生《い》け贄《にえ》の屋根に白羽の矢をな」

俯《うつむ》いたまま、村下は三和土《たたき》を見つめている。

なにも言おうとしないので、宮司はますます不安になった。

「なんじゃ、おんしは、もしや――」

パチンと薪の爆《は》ぜる音がした。

「——惚《ほ》れた女子《おなご》ができたんかい」

「いや違う。そうじゃない」

激しい動揺が本心を現しているとも気付かずに、村下は再び視線を逸らした。

金屋子神は溺愛《できあい》する村下によい鉄を吹かせるが、妻を娶《めと》ればやきもちを焼く。前の村下は娶ったばかりの女房を病《やまい》で死なせ、後妻は子供ごと獣に獲《と》られ、三度目の女房も倒れて死んで、残りの生涯を独り身で終えた。たたら衆が目を焼かれるのも、金屋子神が自身の器量の悪さを恥じて、好いた男の視力を奪うからである。金屋子神に通じる桂の下で恋しい女のことを言葉にすれば、女神はそれを聞くだろう。だから村下は答えない。荒事を行う山の男と聞けば筋骨隆々の偉丈夫を想像しがちだが、村下は佇《たたず》まいが美しく端整な顔つきの者が多い。金屋子神がそうした男を好むからだと宮司は勝手に考えている。菅谷の村下はひとしおだ。

「では、なんじゃ」

村下の心の内を理解しながらも、宮司は静かにまた訊いた。

「なんでもねえ……鉄と一緒に吹かないのなら、金屋子さんは生け贄の女をどうしろと？」

「灰にして大舟《おおふね》の床に撒《ま》けと仰せじゃ」

大舟とは、鉄を涌かす炉の真下に造られる灰を詰め込んだ部分である。

「どうやって灰にするので」

「そこは心配せずともよい。灰にすたのを儂が携えて参るでな」

村下は無言で宮司を見つめた。その眼差《まなざ》しが微かに宮司の不安を煽《あお》る。何が何でもご神託どおりに若釜を設えて聖なる鉄を吹かねばならない。もしも神に逆《さか》らえば奥出雲一帯で鉄が涌かなくなるかもしれない。そんな恐ろしいことはできない。

宮司はさらに言葉を重ねた。

「なに、生け贄はここの女子ではない。矢は比婆《ひば》山に近い集落に降るそうじゃ」

寸の間、村下の眼差しが強さを増した。鼓動が聞こえたような気さえした。

やはりそうか、そうであったか。好いた女子は比婆山におるのか。

金屋子神の魂胆が読めたと宮司は考え、三和土に置いた指先で土の面をわずかに抉《えぐ》った。村下は焚《た》き火《び》を睨《にら》み付《つ》け、あぐらの脇《わき》に積み上げてある柴をつかんでへし折るや、宮司の前へと投げ入れた。羽虫のように火の粉が舞って、柴はメラメラと炎を吹いた。

だからといってどうにもできぬ。我々は神々の住処《すみか》で、その恩恵によって暮らしているのだ。神に逆らうことなどできない。炭と真砂を求めて山から山へ、定住できる土地を持たない鉄の民は奥出雲の自然と同じく神のもの。ご神託は絶対だ。

宮司はもはやなにも言わずにおいたが、それは村下たるもの金屋子神のご神託には逆らえまいと、自分を納得させたからだった。

金屋子神は死を好む。たたら衆は誰もがそれを知っている。死と引き換えに賜るのは、生きるための場所と生き抜く矜持《きょうじ》だ。それ以上に大切なものがあるはずもない。

炎を見つめる村下の瞳は、あまりに静まり返っていた。

其の一　棟梁《とうりょう》がサニワに触れる

がさり。と暗闇《くらやみ》に藪を揺らして一人の男が姿を現し、粗末《そまつ》な家の軒下に身を隠した。細身ながら引き締まった体軀《たいく》を見て、守屋治三郎《もりやじいちろう》は『昇龍《しょうりゅう》か？』と思った。若くして死んだ甥《おい》である。

天空の月はあまりに白く、薄っぺらな雲に虹色《にじいろ》の影が差す。どこかで狼の遠吠《とおぼ》えが聞こえ、森が吐《は》き出《だ》す風の匂いを嗅《か》いだ気がした。べっこう飴《あめ》のような、砂糖の焦《こ》げた匂いであった。

静かな夜だ。森に囲まれた集落は闇に溶けたかのように眠っている。

さやさやさや……さやさやさや……。

秋風が散らす木の葉が静寂をざわめかせるのを、男は小首を傾《かし》げて聞いている。いや、聞いているのではないかもしれない。これは、何かを待っているのだな、と直感した。

治三郎は夢を見ている。自身は夢のさなかに居《お》らず、中空から夢を俯瞰《ふかん》している。目を返せば降るような星空で、薄い雲が流れてゆき、風が肌を撫《な》でる感覚すら鮮明だ。

眼下の男の緊張感があたりに渦巻き、獣のような汗の臭いが漂ってくる。男の集中力が空気を刺して、治三郎は串で天空に挿し止められた気分であった。刹那《せつな》、ヒュン！　と、何かが耳の間際を飛び抜けた。

それは闇を切り裂いて、茅《かや》に突き刺さる音までもした。

男は闇に立ち上がり、燃えるような瞳をこちらに向けた。

はははあなるほど、彼奴《きゃつ》はこれを待っていたのか。

山々の窪《くぼ》みで身を寄せ合うような集落の、一軒の屋根にそれは刺さった。夜目にも白い一本の矢だ。誰が射たかと治三郎は周囲を見たが、連なる尾根にも、枝葉を揺らす巨木にも、どこにも射手の姿はなかった。

男は肩で息をしている。苦しいのだろうかと思ったがそうではなく、気持ちを固めているようだ。踏ん張った足は指先が地面をつかむように折れ曲がり、剝《む》き出《だ》しの腕に血の筋が浮く。男は筒袖《つつそで》の黒い六方着を着て、共布《ともぎれ》を頭巾《ずきん》のように顔に巻いている。

「ふぅーっ」

と息の音を立て、男は矢が刺さった家に取り付いた。

夢の中、治三郎は自分の心臓が鳴る音を聞く。

天空に懸かる月から冷たいものが降ってくる。風は止《や》み、狼の声もせず、あたりは痛いほどの静寂に包まれて、男が握りしめた茅の軋《きし》みが、ぞくり、と不穏な音を立てた。

ぞく、ぞくり。ぞく、ぞくり。間もなく男は屋根に立ち、光を放つかのごとき白羽の矢を、葺かれた茅から引き抜いた。

ううううう……。

そのときどこかで唸《うな》り声がして、治三郎は不穏さに振り返った。森全体が蠢《うごめ》いている。そこから瘴気《しょうき》が吹き出して、ぬるぬると尾根を滑《すべ》ってくる。男はと見れば、白羽の矢を口に咥《くわ》えて屋根を下り、集落の外れへ駆けていく。治三郎はその魂胆を理解した。

思ったとおり、男は外れの家の屋根に乗り、白羽の矢を両手に持つや、頭上高く掲げて刺した。咆哮《ほうこう》のように空気が震え、山懐から赤黒い閃光《せんこう》が月に向かって噴《ふ》き上《あ》がる。言葉にも声にもならぬそれを、治三郎は怒りと悟った。おぞましい怒りだ。何かとてつもないモノが天を貫《つらぬ》き、降り注いでくる。その場所に男はもう居らず、清らかだった白い矢がボタボタと血の色に染まっていく。

生臭い、ぬるぬるとしてあたたかい、纏《まと》わり付《つ》くような怨嗟《えんさ》を感じた。

「はっ」

恐怖に耐えかねて夢から脱出したものの、心臓の鼓動は収まらない。

目を開ければカーテンに月影が射《さ》し、空気はしんと冷えていた。二度、三度と深呼吸してから、治三郎はまた目を瞑る。恐ろしい夢の片鱗《へんりん》が瞼《まぶた》の裏に張り付いているのではないかと思って、確かめたのだ。

再び目を開けると格天井《ごうてんじょう》の杉目が見えて、ようやく安堵《あんど》のため息を吐《つ》いた。

自室の寝床にいるとわかってもなお恐怖は消えない。

月が吐き出した凄《すさ》まじい怒りが夢を突き破って襲いかかってくるかのようだ。恐怖の理由はもうひとつ。夢で見た男が昇龍そっくりであったことが剣呑《けんのん》だ。

「……どうかした？」

隣の布団で細君が訊く。起こしてしまったようである。

「いや、なに」

そのあとの言葉が続かない。細君は枕《まくら》から頭を上げてこちらを覗《のぞ》いた。

「怖い夢でも見たんですか」

声に不安が混じっている。

「また……よくない物件に関《かか》わってるんですね」

「そうじゃねえ。ションベンしたくなっただけさね」

安心させようと起き上がり、仕方なくトイレへ立った。

襖《ふすま》を開けて、閉めるとき、まだ心配そうな妻に、

「いいから寝ろ。大丈夫だから」

と、優しく言った。廊下には真夜中の空気が満ちていた。

守屋治三郎は隠温羅《おうらりゅう》流と呼ばれる陰《かげ》の流派を率いて因縁《いんねん》物件を曳家《ひきや》する会社の専務だ。曳家は守屋の家業であり、関係者は彼を棟梁と呼ぶ。

この仕事をしていると、たまさか『魔』が職人にくっついて家に入ってしまったり、職人自身に染《し》み込《こ》んだりすることがある。細君もそれを知っているから、夫が悪夢にうなされると心配するのだ。

穢《けが》れ仕事を請け負う隠温羅流の職人は、ひとたび因縁物と関わったなら、浄化するまで何が起き、何に巻き込まれるかわからない。事実、曳家の屋根で采配を振るう導師は齢《よわい》四十二の厄年に命を落とすジンクスがあるし、そのほかの話も伝わっている。

自身がその現象に立ち会ったことはまだないが、導師を含め隠温羅流の職人たちには死期の知らせが届くといわれる。初めは夢枕に先代導師が訪れる。しばらくするとそのまた先代が、その次には先代の先代の先代が、というように、歴代の導師がやってくる。彼らと話したという者もいて、内容までは伝わらないが、邂逅《かいこう》を繰り返すうち旅立ちの準備が整って、やがて自身が白装束で仏間に参ると、間もなくして死ぬのだという。

甥の昇龍が死んだときには、前夜に子供らが白装束で仏間に参る父の姿を見たと言う。昇龍自身は寝床にいたので、魂だけが抜け出したのか、本当のところはわからない。歴代導師が引導を渡しに来るわけを知る者たちはみな死んだ。

用を終えてもまだトイレに立ったまま、棟梁は考えていた。

夢の男は昇龍に似ていた。現在の隠温羅流導師で又甥の仙龍《せんりゅう》が年を食ったような容貌《ようぼう》だった。しかもただの夢とは思われぬほど鮮明で生々しい夢だった。風に鳴る森の音、湿った夜気やその匂い、頬《ほお》をかすめた矢の気配。男が屋根に乗るときつかんだ茅の音さえ、直《じか》に聞いたかのようだった。

「ううむ……」

トイレを流して低く唸った。目が冴《さ》えて、再び眠れる気がしない。

棟梁は寝間の襖をそっと開け、細君が眠っているのを確かめて、襖を閉めた。

居間で煙草《たばこ》に火を点《つ》けてから、サッシを開けてあぐらをかいた。夜気に土の香りがする。二本指に煙草を挟んで口へ運ぶと、呼吸するかのように煙草の先が赤く光った。煙を肺に吸い込んで、鼻から白く外へ吐く。細君が丹精込めた梅の香が、煙と入れ替わるように鼻腔《びこう》へ届く。隙間から庭を覗いてみても、暗くて花はわからない。

夢の男がなにをしたのか、棟梁はすでに理解していた。

屋根に刺さったのは白羽の矢だろう。その家から生け贄を出せという神のお告げで、命令だ。男はそれを無下にして、別の誰かを身代わりにしたのだ。

薄闇にのびる煙草の煙は体を抜け出す魂のようだ。鼻と口の穴からあふれて、束《つか》の間《ま》、中空に墨を溶いたようなかたちを残す。エクトプラズムと言ったかな？　霊媒師が口から出すのを古い雑誌で見たことがある。なんだかあれに似ていやがるな。

そう思って棟梁は低く笑った。

七十を過ぎれば思い残すこともなかろうと若い頃には思ったものだが、いざ自分がその年齢に達してみれば、若い頃となにも変わっちゃいない。生への執着は今もあり、せいぜい頭が禿《は》げて皺《しわ》が寄り、食が細って無理が利かなくなった程度のことだ。

「バカめ……それを年寄りというんじゃねえか」

長くなった煙草の灰を手のひらに受け、サッシの隙間から庭に落とした。

がむしゃらに生きてきた年月は、振り返ってみればほんのわずかに思われる。かといって、もう一度人生をやり直す気力など、疾《と》うに残っていなかった。

それにしても、とんでもねえ夢を見た。

早々に一本を吸い終えて煙草をもみ消し、夜気に漂う梅の香を胸いっぱいに吸い込んだ。いい匂いだ。嗅ぐつもりで花の匂いを嗅いだのなんてどれだけぶりか。そしてふと、過ぎ去った人生を愛おしく感じた。

親も兄弟も甥っ子までもが厄年に逝き、自分だけが残されて隠温羅流を守ってきたが、このままでは又甥の仙龍も見送らねばならぬと忸怩《じくじ》たる思いに囚《とら》われてきた。けれど仙龍は春菜《はるな》というサニワを手に入れた。出会ったばかりの頃は無礼で跳ねっ返りで鼻持ちならない娘だったが、性根は真《ま》っ直《す》ぐで、誰よりも心優しい。嘘《うそ》がないから憎みきれない。できる女を装いつつも、抜けているところが可愛《かわい》らしい。導師の呪《のろ》いを解きたいなんて、真っ向から訴えてきたサニワは初めてだ。

隠温羅流は今、その娘の力を借りて、導師に懸かった呪いを解こうとしている。

だからこそ、やはりただの夢ではあるまい。

梅の香がするほうへ視線を向けて、棟梁は夢をなぞった。シーンを丁寧に思い返して、男がしでかしたことの意味を考える。あいつは神を裏切った。森に響いた咆哮は神の怨嗟の声だろう。しかもその矢を余所《よそ》に移して、無辜《むこ》の生け贄を選びやがった。

「ありゃいけねえ。マズいよなぁ」

棟梁は唇を嚙《か》む。そうしてみれば、あのとき感じた凄まじい恐怖は男のそれに共鳴したともいえる。屋根に取り付く前の様子からして、男はわかっていたのだろう。あの家に白羽の矢が降ると。生け贄を選び直すのは自身を神と並べることだが、人間は神ではないから禍《まが》ツ神《かみ》に魂を差し出したことになる。

あの瞬間、男は穢れにまみれたのだ。そして、どうなったのか。

「…………」

棟梁は息を吐き、自分の頭をつるりと撫でた。

信州の三月はまだ寒い。梅の香とともに冷たい風が入ってくるので、彼は静かにサッシを閉めた。立ち上がって鍵《かぎ》を掛け、カーテンを引く。

民芸簞笥《だんす》に載せた時計がカチカチと、静かに時を刻んでいた。

同じ頃、仙龍のサニワ高沢《たかざわ》春菜も夢を見ていた。

大勢の人たちが曳家をしている。七色の御幣を被《かぶ》って建造物の屋根に立ち、采配を振る導師の夢だ。そのとき導師は神懸かり、建物の声を聞くという。

夢の中で春菜は、目の前で振られる幣《ぬさ》を見ていた。湿ってぬるい空気に包まれ、建物の軋みを感じていた。たっぷりとした御幣に覆われて導師の顔はわからない。眼下には綱を握った人々がいて、地面に並べた轉《ころ》の上を建物がのっそり滑っていく。

何度でも見学したいと思うほど好きな曳家のはずが、なぜだか春菜は不安を感じた。導師から禍々《まがまが》しい気配が吹き出していたからだ。あたりにはまといつくような霧が立ちこめ、綱を持つ人々が霧の奥へと消えていく。バサリ、バサリ、と振られる幣は力強さのわりに曖昧《あいまい》な動きで、あたかも水中にいるようだ。春菜は導師の足下を見たが、そこには黒雲のごとき鎖が纏わり付いて、隆々とうねりながら屋根を落ち、地面を穿《うが》ってさらに地下へと潜り込んでいる。禍々しい気配は鎖の瘴気か。これでは導師が転落する。そう考えて春菜はすくみ上がった。

危ないと伝えたいのに声が出せない。鎖はずるずる動いている。危ない、下りて、屋根から下りて。拳を握って叫んでも、喉から乾いた空気が出るばかり。春菜は焦り、どうにか導師に告げようとした。触れようと腕を伸ばしたくても金縛りに遭って動けない。声も出ない。足も、指一本も動かせない。けれど諦《あきら》めるわけにはいかない。どうしても危険を知らせなきゃ。春菜は考え、何かないかと考えを巡らす。

鎖はどこまでも落ちていく。

ならばいっそ奈落《ならく》へ潜って、下から鎖を支えれば、鎖の動きは止まるかも。

屋根の下に目を向けて、そうして春菜は気がついた。鎖の先に何かいる。

目の前で幣が振られる。導師の顔はわからない。けれど鎖は仙龍に絡みつく呪いにそっくりだ。でも、この導師は仙龍じゃない。なぜならば……。

その瞬間、おぞましいモノが視界を塞《ふさ》いだ。岩のごとき顔である。穴だらけで、ある部分は黒く、ある部分は赤剝けて、真ん中で眼球が燃えていた。


「あっ！」

春菜は叫んで飛び起きた。

大声を出した気がしたが、実際は空気を吐いた程度かもしれない。けれど体はブルリと震えて、たった今目にしたモノのおぞましさに心臓がバクバクしていた。

「どうしたんすか、大丈夫っすか？」

コーイチの声がした。

短い夢は自室のベッドで見たのではない。春菜は車の後部座席でうたた寝をしていたのであった。バックミラーに仙龍の目が映る。春菜にチラリと視線を流し、

「悪い夢でも見たか」

と、聞いた。

どう答えたらよいものか。隠温羅流導師に懸かった呪いの『因』を探るため、『温羅《うら》』という名の鬼が鎮まる神社へ向かう途中で導師の不吉を夢に見るとは。

春分の日前夜。車は高速道路を走っている。

隠温羅流導師が厄年に死ぬ謎《なぞ》を解くため、春菜は鐘鋳《かない》建設の社長仙龍と、見習い職人のコーイチとともに岡山《おかやま》へ向かっているところだった。遠距離なので仕事終わりに出発して交替で運転しながら、朝には目的地へ着く計画だ。隠温羅流は江戸後期には信州へ流れてきたことがわかっているが、そのルーツは吉備国《きびのくに》を統治していた温羅一族ではないかというのが棟梁の推測だ。今回の旅では『温羅』という鬼の首が埋まっているといわれる吉備《きび》津《つ》神社を訪れる。

先人の生き様を尊重しつつ、天と地と生きとし生けるものに敬意を払う隠温羅流は、春菜とコーイチが先ず島根の出雲大社に詣《もう》でて史実を掘り返す許しを請《こ》い、ようやく今、仙龍を交えて吉備津へ向かう。もしも温羅が仙龍たちの始祖ならば、サニワにそれを感じるはずだと春菜は考えているのであった。行く手の空は闇に溶け、どこからが空でどこまでが山かわからない。黙っているとコーイチが訊く。

「次のサービスエリアで休憩しますか?　コーヒーとか」

「そうだな」

と、仙龍も言う。

時刻は午前三時過ぎ。丑《うし》の刻を過ぎた頃である。

「いいわね。そしたら私、運転を代わるわ。なんだか目が覚めちゃったから」

髪を掻き上げて外を見た。

曳家の夢を見ていたの。導師に鎖が絡んでいたわ。

そう告げても、建設的な会話に発展するとは思えなかった。鎖のことは本人もコーイチも知っている。それが導師の寿命を左右しているらしいことも、隠温羅流は知っている。因縁を祓《はら》うたび鎖の数は増えていき、齢四十二の厄年で寿命が尽きるということも、関係者は承知している。話題にしたいのは、どうしたらその鎖を断ち切れるかということだ。

こんな時間でも高速道路を走る車は多い。走行車線のトラックを追い越して仙龍は先へ行く。そのまま静かになったのでコーイチは眠ったのかもしれないが、後部座席からは顔が見えない。鎖骨のあたりに手を置いて、春菜はそこをぎゅっと握った。隠温羅流の因縁を解くと決めたとき、鬼が記した三本指の痣《あざ》がある場所だ。

「大丈夫か」

と、仙龍が訊く。

彼なりに心配してくれているのだと気がついて、春菜はコーイチを起こさぬよう運転席の後ろへ移動した。仙龍の肩越しに、流れて行く高速道路の夜景が見える。

「平気よ」

と春菜は囁《ささや》いた。

「曳家の夢を見ていたの。屋根で幣を振る導師の姿を。でも、仙龍とは別の人だった」

「誰かな」

サイドミラーに白い歯が映る。

誰なのか、それは春菜にもわからない。でも、わかったことがひとつだけある。

「仙龍……その夢だけど」

「なんだ」

彼の頭が微かに傾いで、春菜は息を吸い込んだ。

「鎖の話よ。黒い鎖が夢の導師にも絡んでいたの。それで気がついたんだけど……」

仙龍の視線が上目遣いに動く。バックミラーでそれを見て、春菜は先を促《うなが》されたと察知した。夢は夢だ、睡眠中の心象だ。そう取るか、何かの予兆と捉《とら》えるかは自分次第だが、春菜にはただの夢でなく、サニワがもたらしたものに思われた。

「いま見た夢は」

「どうした？」

仙龍の眉間《みけん》に皺が寄る。頷《うなず》いて、春菜は答えた。

「鎖の先に何かがいたの」

仙龍は沈黙し、助手席からコーイチが訊いてきた。

「どういうことすか」

「なによ。寝てるとばっかり」

「寝てたっす。一瞬っすけど」

「何かとはなんだ？　ただ鎖が増えてあの世へ引き込むわけじゃないのか」

コーイチも助手席から春菜を見ている。

「ごめん。あまり意味はないのかも。ただの夢だし」

「本当にただの夢か？」

案内標識にサービスエリアまでの距離が出た。ぼんやりと夜空を分けはじめた山々の影に、時折何かの光が見える。暗い車内で春菜はおぞましいビジョンを思い返した。

「そうね、ただの夢ではないのかも。だって、私……」

「何か見たんっすよね、なにをっすか？　え、なんか怖いもんっすか」

怯《おび》えた声でコーイチが訊く。

もちろんんだ。怖かった。あんなモノは一度も目にしたことがないし、想像したことすらなかった。春菜は広告代理店の営業職だが、お盆近くになると博物館で企画が多い幽霊や化け物展の資料でさえ、あんなおぞましいモノは知らない。

「何かが鎖にくっついていて、最後に目が合っちゃったの」

「うわーマジすかー、すげーじゃないすか。え。目が合った？」

コーイチは全身で振り返り、

「目が合ったってことは人間なんすか？」

と、訊いた。

「違うと思う。とても人間には思えなかった」

「動物か？」と、仙龍も訊く。

「妖怪《ようかい》っすかね」と、コーイチがまた言う。

「違うのよ、あれは、ええと……とにかく想像もつかないモノよ。ゴツゴツして穴だらけで、赤くて黒い……」

「なんっすかー？」

コーイチが首をひねっている。一瞬だけ目の前に現れたモノの凄まじさと不気味さを、どうしたら伝えられるだろうと春菜は考え、

「近いのはあれよ、そう、あれ。鬼押出《おにおしだ》し園の溶岩よ」

と言った。

「溶岩っすか？　えー……余計わかんないっすねえ」

コーイチが首を傾げるのももっともだ。鬼押出し園は群馬県嬬恋村《つまごいむら》にあり、天明三年

（一七八三）の浅間山大噴火で流れ出た溶岩が特異な奇景をもたらす景勝地だ。

「つか、鬼押出し園ってあれっすよね、でっかい岩がゴロゴロしてる」

「そう、それよ。鬼押出しの溶岩そっくりで、驚いて目が覚めちゃったのよ」

「夢はそれで全部か」

春菜は残念そうに唇を噛んだ。

「そうなの。夢だとわかっていたら、もっとしっかり見たのに残念」

「や。でも、溶岩って、怖いっすかねえ？」

夢では怖かったのに、伝えようとして言葉にすれば滑稽《こっけい》になる。あのおぞましさを伝える語彙《ごい》を春菜は持たない。

「そう言うけど、コーイチが見たら絶対悲鳴を上げたんだから。とにかくメチャクチャ怖かったのよ。ただの溶岩じゃないんだし、真っ赤に充血した大きな目玉が……」

春菜が力説しているうちに仙龍はウインカーを出し、本線を離れてサービスエリアへ入った。


真夜中のサービスエリアは仮眠をとるトラックで大型車用駐車場が埋まっている。一般車の場所に車を止めてドアを開けると、夜のテーマパークで嗅ぐような匂いがした。トイレで別れ、用を済ませて出てくると、自販機コーナーの前で仙龍とコーイチが待っていた。それぞれ熱いコーヒーを買って外で飲む。ずいぶん南へ来たからか、風のない場所ではさほど寒さを感じない。長野市内はようやく梅や杏《あんず》の季節だが、こちらは桜のつぼみがほころんでいる。エリア内の樹木を見上げて一足早い春の気配を満喫する。

小休憩を挟んで運転手を交替した。

ここから先は春菜がハンドルを握り、コーイチが後部座席で仮眠を取る番だ。

「運転手が三人いるから、予定より距離を稼げたわね」

車を発進させながら言うと、助手席の仙龍が、

「この分だと早めに吉備津神社へ着けそうだな。ホームページで見ると午前五時には開門するようだから、駐車場には入れるだろう」

カチリとシートベルトを締めた。

「私も少し調べてきたけど、神社周辺には食事できる場所がないみたい。下りる手前でサービスエリアに寄ったほうがいいかしら。それとも下りてから店を探す？」

「いや。現地の様子がわからないから、サービスエリアで朝飯を食おう」

「そうね」

仙龍はカーナビで情報を調べ、休憩場所を龍野西《たつのにし》サービスエリアと決めた。

再び本線に合流して岡山インターチェンジを目指す。アクセルを踏み込んでスピードを上げていく瞬間が春菜は好きだ。高速道路のドライブは防護壁に囲まれて景色が単調だ

が、信号や交差点のストレスがなく快適で、アクセルの踏み込みで伸びていく車との一体感が心地よい。山の端《は》に月が見え、それがいつの間にか姿を消してまた見えるとき、一本の道路が大きく曲がりくねっていたことに気がつく。わずかな時間でかなり遠くまで走ったことも。後部座席のコーイチは器用に足を折りたたんで眠っている。助手席の仙龍はあのままなにも言わないが、目を開けているので起きてはいるのだ。

ハンドルを握る腕の近くに仙龍の体がある。春菜の運転に命を預けて座っている。コーイチとも同じようにドライブしたのに、仙龍が隣にいると色気を感じて落ち着かない。曳家の白い法被姿でも仕事着でもない仙龍はざっくりとしたセーターを着ているだけなのに、このオーラはどこから湧いて出るのだろう。春菜はチラリと仙龍を見たが、彼は後方へ去って行く道路灯か、前方に居座る夜を眺めているだけだ。時折喋《しゃべ》るカーナビのほかには車の音しかしないドライブが、落ち着いていて心地よい。

仙龍には訊きたいことも、話したいことも山ほどあったはずなのに、今、こうして彼が隣にいるだけで心は満たされ、この瞬間が少しでも長く続いてほしいと願ってしまう。互いに惹《ひ》かれ合っていたと知っただけの仲だけれども、それでもどうか、いつまでもそばにいてほしい。仙龍が四十二歳の厄年を過ぎたその後も、生きていてほしいのだ。

春菜は軽く唇を噛み、前方のトラックを追い抜いた。

春菜の運転する車が龍野西サービスエリアに入ったとき、すでに夜は明けていた。

休憩を含めて約八時間走っただけで風は温《ぬる》くなり、花の香りも違っていく。夜が明けて見晴らす道すがら、菜の花が咲いていることに心が躍った。

龍野西サービスエリアから吉備津神社までは一時間少々の距離である。トイレでメイクを直してから、いよいよだ、と春菜は思った。目指す吉備津神社には『温羅』という鬼の首が眠るという。仙龍たちが継承した流派の名前は隠温羅流。温羅を隠すと書く名称は、この鬼と何かしらの関係があると思われる。

棟梁は、隠温羅流に隠れた鬼の名と、鐘鋳建設に隠れた『鐘鋳』の文字から『たたら製鉄』を連想し、隠温羅流の起源が吉備地方にあるのではないかと推理した。吉備冠者《きびのかじゃ》と称された温羅は隻眼で赤い顔、山を穿って火を吹いたといわれており、それは鉄の民を連想させる形容でもあるからだ。

「よし」

ルージュを塗り直した自分の顔を確認してからトイレを出た。

二十四時間営業のフードコートに来てみると、紙コップに汲《く》んだお茶をテーブルに並べて、コーイチと仙龍が待っていた。メニューにはモーニングセットがなかったので、さっぱりとした麺類《めんるい》を選んで簡単な朝食を取る。

「時間に少し余裕があるから、ゆっくり食べても大丈夫だぞ」

仙龍はそう言うが、

「んでも麺が伸びちゃうんで」

コーイチは懸命にうどんを啜《すす》り、ものの数分で平らげた。

「食後のコーヒー飲みますか？」

そう訊いて、みんなのコーヒーを買いに行く。

「御社の新人はホントに優秀ね」

煮麺《にゅうめん》を食べながら呟くと、仙龍は笑った。

「いつまでも新人じゃない。コーイチも来月は『法被式』だぞ」

「うわあ……そうなんだー……いよいよなのね」

隠温羅流では研鑽《けんさん》五年で純白の法被と号を賜り、正式な弟子と認められる。その日を指折り数えて楽しみにしていたコーイチを知るからこそ、春菜はなんだかしみじみとした。仙龍たちとの付き合いも、ずいぶん長いということだ。

「法被をもらうときはお祝いするんでしょ」

コーイチがどれほど喜んでいるかと思って訊いた。

「家族を呼んで一席設ける。研鑽努力が公に認められるハレの日だからな。赤ん坊の頃にお宮参りした産土《うぶすな》神社で神事を行う決まりだ。『法被前』が県外から来ている場合でも、そこまで行ってご祈禱《きとう》をする」

「そうなの、ちっとも知らなかったわ。仙龍のときもそうだった？」

「産土神に一人前になった報告と感謝をするんだが……当時の俺は流派の継承に前向きじゃなかったから、くすぐったい感じだったが、今は筋の通った話だと思う」

そばを食べていた箸《はし》を置き、仙龍は春菜を見た。

「おまえも来るか？　法被式に」

春菜は心臓がドキンとした。

コーイチが法被前の『綱取り』に昇進したときは、祝いの席があることすら知らされなかった。真っ昼間に酒を聞こし召したコーイチや正装の仙龍を見て、自分が部外者であることを思い知らされたものだった。

「行ってもいいの」

「コーイチも晴れ姿を見せたいだろう」

邪気のない顔で仙龍は言う。春菜は自分が初めて隠温羅流に認められた気がした。

「嬉《うれ》しい。もちろん私もお祝いしたいわ。心からコーイチの昇進を祝福する」

「法被式は来月頭だ。棟梁に話して招待状を送るよ」

ただの招待状なのに、仙龍から婚約指輪を贈られたくらいに嬉しい。

胸にこみ上げるものを噛みしめていると、

「あちち……コーヒーっすよーっ。二人ともブラックでしたよね」

カップ三つを器用に持って、コーイチが席に戻ってきた。

春菜と仙龍の前にコーヒーを置き、マジマジと春菜を見て訊く。

「春菜さん、熱でもあるんすか、なんか赤くなってません？」

「嘘よ、赤くなってなんか……」

春菜は片手で頬を隠した。仙龍は黙ってコーヒーを引き寄せている。

「きっと煮麺を食べたせいよね、汗かいちゃった」

コーイチは深く詮索《せんさく》することもせず、春菜の向かいに腰を下ろすと、自分のコーヒーにスティックシュガー二本を投入した。一度かき混ぜてからミルクを入れて、表面にできる白い渦を眺めて飲んで、やおらスマホを取り出した。

「実はっすね……俺も吉備津神社について調べてきたんす。そうしたら」

面白いことがわかったので聞いてほしいと、スマホのメモを見ながら説明を始める。

「その昔、吉備津神社は『延喜式神名帳』に『名神大社』と記載があって……」

「延喜式神名帳？」

春菜が首を傾げると、

「当時の神社仏閣一覧表みたいなもんっすね。で、平将門《たいらのまさかど》・藤原純友《ふじわらのすみとも》の乱が起きたときに鎮定祈願して成就させたことから、神階最高位の『一品《いっぽん》』を授けられ、一品吉備津神社を称するようになったんす。本殿も拝殿も国宝なんすよ」

「それがどうして不思議なの？」

「鬼の首が埋まってるんすよ？　そんな血なまぐさいエピソードが公に伝承されている神社って、珍しくないっすか。かといって平将門や菅原道真《すがわらのみちざね》みたいな御霊神社でもないわけで、調べれば調べるほど不思議なんすよね」

「祭神が鬼じゃなく、鬼を倒した人だからじゃない？　温羅は吉備津彦命《きびつひこのみこと》の武勇伝に色を添える役割で、そう考えたら別に不思議じゃないと思う」

「ていうか……本当に鬼の首が埋まってんすかね」

「どうかなあ。私もそこには興味があるわ」

伝承は伝承であってそれ以上のものではないのか。それとも史実に基づくものか。怪異の解明や浄化には過去の掘り起こしが大切だ。

「そこで神社の起源を調べてみたんすけど、結論から言うと、ハッキリわかっていないみたいでした」

「そうなの？」

春菜はバッグから棟梁の手帳を出した。

黒革の手帳には、若い頃の棟梁が隠温羅流導師の呪いを解くために調べたことがメモされている。吉備津神社に首が埋められた温羅がたたらの民ではないかという推測、ひいては温羅と隠温羅流の関係を結ぶ推理はすべて、この手帳から始まった。

「棟梁の手帳によれば吉備津神社の本殿は応永三十二年、つまり一四二五年の作よ」

「それは現在の本殿で、後光厳天皇の勅命を受けた足利義満《あしかがよしみつ》が再建した年なんっすよ。んで再建前、もともとの神社がいつからあったか、そこがハッキリしないんす。吉備津神社が国史に登場する初見は『続日本後紀』の八四七年で、再建より六百年近くも前なんす。吉備津彦命は孝霊天皇の皇子で、孝霊天皇は紀元前三四二年の生まれっすから、温羅と吉備津彦命が戦ったのは、もの凄《すご》く昔ってことっす」

　悠久の時の流れを示すのに、コーイチは『もの凄く昔』と一括《くく》りにする。

「……温羅の伝承って、そんな昔の話だったの」

　春菜は今さらのように驚いた。

「そんな昔の話っす」

　コーイチは笑っている。

「想像が追いつかなくなってきた。古事記や日本書紀すら大昔に思えるのに……」

　そんな大昔に、すでにたたらの民が存在していたなんて。

　歴史をしっかり勉強しておくべきだった。明日のことばかり考えて生きてきたのに、ここへきてしっぺ返しを喰《く》らった気分だ。

「ちゃんと勉強しておくんだったわ」

「今からでも遅くないっす」

コーイチは春菜にもわかりやすく説明する。

「孝霊天皇は、天照大神《あまてらすおおみかみ》の五世孫で日本の初代天皇となった神武天皇から数えて七代目っすよ。そんならわかりやすいでしょ」

「ダメダメ、ちょっと待ってよ。天照大神の五世孫でって……天照大神は人間じゃなくて神様でしょう？」

ますますわからなくなってくる。そもそも神話の神が実在したと考えたことはない。仙龍はどう考えるのかと彼を見ると、黙ってコーヒーを飲んでいる。隠温羅流の生き方は、怪異も悪意も現象も、すべてを丸ごと受け入れるところから始まっているのだろう。

「日本は天皇制じゃないっすか。天照大神は天皇家のご先祖っすよ？」

「知ってはいるけど、そんなの真面目《まじめ》に受け止めたことないし……待って。いま頭を整理するから。つまり、本当に、実在の人物と思えばいいのね」

春菜は深呼吸し、

「はい。いいわ」

と、自分に言った。そして棟梁の手帳をカンニングした。

「オッケー。温羅が出てくる古事記や日本書紀の編纂《へんさん》は八世紀、当時は現在の吉備津神社ではなかったけれど、鳴釜神事を行う場所はあったのね」

「そういうことになるっすね」

「そうか、そうよね。で、国史に吉備津神社の記載が出るのはさらに百年以上後のこと。温羅と吉備津彦が戦ったのは紀元前で、今の神社のあたりに首が埋められ、神饌《しんせん》を炊《た》いて吉凶を占う場所が設えられて……」

ざっと想像を巡らせてから、春菜は自分の考えをまとめた。

「……考えてみたらすごいことよね。だって、今は二十一世紀なんだから」

仙龍がニヒルに笑う。

「なにがすごい？　時間か？　それとも伝承が事実に則《のっと》っていたことか？　俺たちは、もともとそういう世界に生きている」

「物語世界が現実世界に引き寄せられる感じがすごいのよ」

「神社というか、社が建ったのは仁徳天皇《にんとくてんのう》が備中《びっちゅう》行幸の途中で吉備津彦命を祀《まつ》るためにそれらしき建物を創建したときじゃないかと言われてんすよ」

「仁徳天皇は聞いたことがある」

春菜は眉間に縦皺を刻んで記憶を呼び戻した。

「大阪の仁徳天皇陵の人じゃない？　仁徳天皇陵は秦《しん》の始皇帝陵、クフ王のピラミッドと並ぶ世界三大墳墓のひとつだって、小林《こばやし》教授が言ってたわ」

「神武天皇から数えて十六代目で、四世紀後半から五世紀の人っすね」

「吉備津彦命より後で、古事記や日本書紀より前ね。オッケー、インプットした」

「本当に歴史関係が苦手なんだな」

仙龍は苦笑している。

「眠くなるのよ。それに数字を追いかけるのは得意じゃないの」

「予算はすぐに弾《はじ》くのに、か？」

「仕事の売り上げは別よ。頭に電卓が入ってるみたいにすぐ弾けちゃう。でも、過去の人って自分にはあまり関係ないじゃない。特に何百年も昔になると、ちっとも頭に入ってこないわ」

「今回はそれじゃ困るっす」

と、眉尻《まゆじり》を下げてコーイチが言う。

「隠温羅流の歴史を追う旅なんすから」

「わかってる。わかっているわよ」

春菜は両手を挙げた。

「今回は私も必死よ。だからしっかり頭を整理しようと思ってはいる」

時系列をきちんと追いかけて伝承に矛盾がないことを知ると、漠然としたイメージでしかなかった温羅や吉備津彦命が生身の肉体を持って感じられてくる。それはやっぱりすごいことだと素直に思う。

「生身の人間が神になるには長い時間を必要とする。古事記や日本書紀は数百年も昔の史実をその当時用に書き起こした書物ということなんだろう」

人が鬼や神になる。

ならば鬼にも神にもなれない者は、どんな世界に棲むのだろう。それとも仏になるのだろうか。そこはいったいどんな世界で、どんな理由で分けられるのか。

春菜は鎖骨の下に痛みを感じた。オオヤビコと名乗る鬼がそこに痣を残したことは、まだ誰にも話していない。オオヤビコは訊いたのだ。本当かと。おまえは本当に、鬼になるものを止める覚悟があるのかと。

あのときの悲しい姿が脳裏に浮かんで、心の中で春菜は訊ねた。

あなたは何者？　あなたと仙龍には、いったいどんな関係があるの？

目の前では、コーイチの考察が続いている。

「ちなみに仁徳天皇陵は近年の調査で履中《りちゅう》天皇陵より後の建造らしいことがわかって、仁徳天皇のお墓じゃないかもしれないんすよ。本題から外れちゃうんで、ただの豆知識っすけど」

コーイチは眉尻を下げてへらりと笑った。

「考古学ってたいへんね。私なんか名前を覚えるだけでも無理なのに」

「それでよく文化施設事業部の営業が務《つと》まるな」

仙龍がまた笑う。最近、仙龍は笑顔が多くなった気がする。

「これでも一応仕事の間は覚えているのよ。でも展示が終わればほとんど忘れる。記憶に残るのは興味があったことだけね。脳のキャパシティがあまりないから」

「吉備津神社は大丈夫っすか？　続けますけど」

念を押すようにコーイチが訊いた。

「努力する」

コーイチは春菜にコーヒーシュガーをくれた。

「糖分は脳の栄養になるんすよ」

コーヒーはブラックで飲む派だが、春菜は素直に砂糖を入れた。

「んじゃ、話を戻しますけど、吉備を平定したあと、吉備津彦命は山の麓《ふもと》に宮を築いて薨《こう》去《きょ》していて、仁徳天皇がそこに社を建立したのが四から五世紀で、このときの社は吉備津彦命の霊廟《れいびょう》という意味合いが強かったというのが一般的な認識す」

「吉備津彦命は温羅と同じところに眠っているの？　それってちょっと変じゃない？　あ……そうか」

春菜は自分の膝を叩《たた》いた。

「吉備津彦命は死んでからも温羅を見張っているのかしら」

いくつかの神社は人知れず怨霊《おんりょう》を鎮める役目を担っていると聞く。

「それはどうかな」

と、仙龍が言う。コーイチは返答しなかったが、得意満面でニヤニヤしている。

「純粋な興味が湧いてきたわ」

吉備国を平定した朝廷の皇子と、倒された鬼が同じ場所に眠っている。

それはどんな神社で、それの意味するところはなにか。春菜は軽い興奮を覚えた。神話という仮面が外れて、人としての生々しい葛藤《かっとう》が奥から現れたように思えたからだ。神様の気持ちはわかり得ないが、人の気持ちなら理解もできる。神話がただの作り話ではないと知るのなら、そこに記された物語はあまりに残虐で、あまりにも興味深い。

「もともと吉備は巨大古墳が集中してある地域なんすよ。神様が人間だったときの形跡が残る土地。ロマンっすね」

「私、ちょっと反省した」

と、春菜は言う。

「私自身は、あまり深く考えずに温羅という名前だけに着目していたのよね。名前つながりで何かみつかればいいなって、軽い気持ちで――」

コーイチと仙龍が一緒に来てくれて本当によかった。

「――コーイチと出雲へ行ったときもそうだった。でも実際現地へ行ったら、光り輝くイメージの神社にも瘴気の吹きだまる場所があるとわかったじゃない？　だからこそ陰の流派と呼ばれた隠温羅流にも光の部分があるんじゃないかと考えるようになった」

「そのおかげで『表』を調べてみようと、発想を転換できた」

仙龍が言う。春菜はそちらに視線を向けた。

「温羅も同じよ。吉備冠者と呼ばれた華々しい時代があったのに、今では鬼にされちゃっている」

「隠温羅流の光を探るのは、個人的に嬉しいっすけどね」

「光が強いほど影は濃くなる。ぬか喜びせずに覚悟を決めたほうがいい」

仙龍がコーイチに言うのを聞いて、春菜は自分の気持ちを言い当てられたような気がした。

「私も仙龍の考えに賛成よ。真実を知る覚悟が本当にあるのかと、問《と》い質《ただ》されているような気がする……考えてみれば、歴史は生身の人間が作っているんだものね」

「俺は覚悟、あるっすよ」

お日様のような顔でコーイチは笑った。

「隠温羅流は必要な流派っす。絶やすわけにはいかないんすよ」

仙龍は眩《まぶ》しそうに弟子を見る。

その眼差しを美しいと春菜は感じた。

「てか、調べれば調べるほど棟梁スゲー、ってなってます。俺や春菜さんが生まれる前から独りで調べていたんすもんね。伊達《だて》にハゲてるわけじゃないっす」

「そんなこと言うと棟梁がクシャミするわよ。それに、ハゲは関係ないと思う」

仙龍は相変わらずのポーカーフェイスで、椅子《いす》を引いて足を組んだまま、静かにコーヒーを飲み終えた。時刻は午前八時である。

「そろそろ行くか」

仙龍の声で席を立つ。食器を片付け、コーヒーカップを捨ててテーブルを拭《ふ》き、そこからは運転をコーイチに代わった。春菜は助手席に。仙龍が後部座席で仮眠を取る。

三月の空は薄水色で、高速道路から見下ろす平地には野焼きの白い煙が立ち上っていた。

其の二

吉備中山の九柱

高速道路を下りると大きな建物もビルもなく、景色が開けて畑や水田が広がる土地に、なだらかで丘陵のような山が連なっているのが見えた。吉備津神社へ近づくにつれ、湿潤な土の匂いが風に香った。ガツガツと植物の鋭気が漂う信州とも、繭のような気配の出雲とも違う岡山市吉備津のそれは、なぜか平安時代の農村風景を連想させる。

「あ、春菜さん」

運転手のコーイチが指すのは道路標識で、行く手に吉備津神社と吉備津彦神社の二社があることを示している。道路はさほど広くなく、左右に民家や商家が並ぶ静かで落ち着いた街だ。前方の信号は地名表示が『神社前』。左手すぐに吉備津彦神社の参道が見える。

「そっちも寄るか?」

と、背後で仙龍の声がした。振り向けば、起き上がって窓の外を眺めている。

「とにかく吉備津神社へ行きたいわ。首が埋まっているのは吉備津神社のほうだから」

「了解っす」

コーイチは吉備津彦神社を通り越した。

「吉備津彦神社も大吉備津彦命がご祭神っすけど、そっちは命の屋敷跡《やしき》に社殿が建てられたのが始まりだそうっすよ。二つとも近い距離にあるんすね。名前もそれぞれ吉備津神社と吉備津彦神社で……思うんすけど、一対というか、二つというか、吉備ではそれが『呪《しゅ》』なんすかねえ。温羅と吉備津彦命が一対で、神社も二つが一対で」

「たしかに吉備津神社の本殿も双翼だ。その意味で言うなら、双方の神社に続く中山は、吉備津側が備中で、反対側が備前美作一之宮《みまさかいちのみや》山口神社の社領だそうだ。鬼と神、月と太陽、陰と陽。太古の呪が綿々と呼吸し続ける土地なのかもな」

そう言う仙龍の視線の先には、通過した吉備津彦神社の屋根らしきものが窺《うかが》える。参道に植えられているのは松で、出雲大社のそれと同じだ。参道の木といえば杉やクスノキが一般的だと思っていた春菜は、松の木が植えられていたことに出雲大社とのつながりを感じた。伝承の温羅は異国の王子だが、個人的には出雲から来た説を取りたいと小林教授は言った。日本に生まれて日本で育ったというのに、知らないことばっかりだ。

進むと突然町が途切れて、前方に畑を横切る松並木が見えた。最寄りの吉備津駅から吉備津神社まで、幹線道路を渡るかたちで松の参道が続いている。高い建物も商業施設もない街は、往時の気配を色濃くとどめる。なだらかで丸い山、広大な平野と高い空。山と谷ばかりの信州では望むべくもない豊穣を思わせる土地だった。

吉備津神社と書かれた標識のほうへ車は曲がる。両側に畑や水田を見ながら松並木の間を行くと、広い駐車場が見えてくる。鬼の首が埋まっていると聞いたから、どれほど禍々しい気配が漂う場所かと覚悟して来たのに、そこは静謐《せいひつ》で高貴な空気に満ちていた。

午前九時過ぎ。駐車場はまだ閑散としている。スペース内を一周してから、コーイチは一番端《はし》に車を止めた。

「やあ。ついに来たっすねー吉備津神社へ。お疲れ様っした」

「そうだな」

と、仙龍も言う。春菜は誰よりも先に助手席を下りた。

社殿は石垣の上らしく、濃い樹木に隠れて駐車場からは全容が見えない。

「どうだ。何か感じるか？」

隣に来て仙龍が訊く。不穏な気配はまったくないし、生け垣に赤い椿《つばき》が咲いていることも、なんだろう、とても気高い感じがするのだ。

「不思議だけど少しも不穏な感じがないわ。鬼の気配なんてどこにもない。これっぽっちも感じない。なぜかしら」

「鬼の首はないんっすかねえ？」

と、コーイチが訊く。

春菜は鎖骨の下に手を置いた。指先に意識を集中させて探っても、今は痛みすら感じない。棟梁によれば、鬼が名乗った『大屋毘古』は家宅六柱のうちの一柱で、葺き終えた屋根で災厄を司る神らしい。

「いやー、いよいよかぁー。……なんかコーフンするっすねーっ。春菜さん、トイレに寄ってきますか」

コーイチに訊かれて「うん」と答えた。神域へ参る前には不浄を落とす。隠温羅流も同じ考えだから、三人揃《そろ》ってトイレへ寄った。

駐車場から手水舎《ちょうずや》へ向かう途中に土産屋が二軒だけ立っている。最寄り駅から神社まで長い参道があるというのに、商いの店は二軒だけ。あとはひたすら松の並木が畑の中を貫いている。特殊な構造の本殿と拝殿は出雲大社の約二倍の面積を持つというのに、ここには商売人がもたらす喧騒《けんそう》もなく、やはり特殊だなと思う。

社殿は階段を上った先で、見上げても屋根しか見えない。

本当に鬼の首が眠っているの？

春菜自身も疑いを持った。探ろうとサニワを研ぎ澄ませても、まったく不穏さを感じないのだ。これはいったいどういうことか。伝承には元になる史実があるはずなのに。

春菜は謎に惹かれて手水舎へ急いだ。自然と小走りになっていく。

手指を清め、口を濯《すす》いで行く手を見れば、壁のように提灯《ちょうちん》を巡らせた石段の上に門がある。石段の始めは社名を彫りつけた一対の社号標で、脇に大岩が鎮座《ちんざ》している。

「春菜さん、これが矢置岩ですってよ。吉備津彦命が温羅と争ったとき、中空でつかみ取った矢を置いたから『矢置岩』っす。やー、神話の香りプンプンっすね」

コーイチは記念撮影でもしたそうな様子だが、春菜は緊張でそれどころではない。

矢置岩の伝承は小林教授に聞いて知っている。吉備津彦命が温羅と敵対して矢を射ると、互いの武器が中空で食い合って、なかなか勝敗がつかなかったというのだ。そこで吉備津彦命は住吉《すみよし》大明神のお告げを受けて一度に二本の矢をつがえ、これを放ったところ、一本は温羅の武器と食い合ったが、もう一本は温羅の片目を射貫き、鬼は伐《う》たれた。

矢置岩は畳よりも大きい平らな岩で、表面に苔《こけ》が生《は》え、竹垣でぐるりと囲われていた。この場所になければただの岩だが、そこに伝承が絡むと信仰の気配を感じる。

矢置岩の先は急勾配《こうばい》の石段で、上に随神門がそそり立つ。それを見上げて春菜は自身を鼓舞した。謎を解くヒントがあると信じたからこそ、ここへ来た。なにもなかったでは済まされない。ましてや今の自分にはオオヤビコが残した痣がある。サニワと、痣と、御釜《おかま》殿《でん》の下に埋められていると聞く温羅の首。それらがうまく感応すれば一気に謎が解ける可能性だってある。けれどなにも感じないのだ。

「おかしいわ」

血なまぐさい戦いの歴史を持つ場所は、あまりにも気配が鎮まっている。

そんなはずはない。もっと、こう……。

「どうした」

と、仙龍が訊く。春菜は痣に手を置き、力を込めた。

オオヤビコ、ここでしょう？　と、訊いてみる。だめだ。なにも感じない。独特で特別な気配が漂う場所だと信じて来たのに、サニワが使えないなら自分がここへ来た意味はない。必ず何かみつかると確信があったし、そうでなければどうしよう。どうやって仙龍を救えばいいのだろう。

「……そんなはずない」

春菜は石段を上りはじめた。

隠温羅流の謎はこの神社にあると、盲信に近い期待を持っていた。噴き上がる瘴気、畏《い》怖《ふ》なる力、そういうものが黒雲のように社殿を包んでいると考えていた。サニワがそれを察知して、きっと何かが見えるはず。そんな奇跡を期待していた。

サニワでそれを探すんだ。春菜は石段を駆け上がる。随神門の前で仙龍とコーイチが立ち止まったことにも気付かずに門をくぐって、本殿を拝む場所に一瞬だけ立つと、神様に挨拶《あいさつ》もせず境内《けいだい》へと駆け込んだ。

境内は砂利が敷き詰められていて、社務所の脇に巨大な銀杏《いちょう》の木があった。大地から吹き出す『気』に押され、枝が縦横に歪《ゆが》んでいる。そうよ、そうこなくっちゃ、と春菜は頷き、でもまだ足りないと考えた。この程度ではないはずだ。

教えてオオヤビコ、神社の力はどこから来るの？　力の源はどこにあるの？

大銀杏の脇から見上げる本殿は期待どおりの比翼入母屋《いりもや》造りだ。雅《みやび》で、荘厳で、美しいけれど、欲した気配を纏っていない。

「違う。ここでもないわ」

春菜は呟き、先を急いだ。

気配がこれほど鎮まっているなんて、そんなことがあるだろうか。本殿脇を奥へ進むと小さな石の鳥居があって、境内はさらに先へと続いている。春菜は駆けるようにして鳥居をくぐった。その先は枯山水のように設えた庭で、絵馬を納めたトンネルや、一童社と呼ばれる社があった。足を止め、天空を仰いで、そして、

「あっ」

と、小さく叫んだ。

一童社の屋根越しに木の枝が見え、青々と空が広がっている。

その空にサーチライトのような光の柱が、天を射貫くようにそそり立っていた。苔生《こけむ》した巌《いわお》のような色をして、一柱の太さは社の半分ほどもあり、地表に近い部分は色濃く、徐々に薄くなりながら大空の彼方《かなた》へ突き抜けていく。しかもなんと一本ではない。正面に一柱、奥まって両脇《りょうわき》に立つ二柱、その奥にも、さらに柱は重なっている。

ここだ！　と春菜は心で叫び、感極まって両手を合わせた。

社殿じゃなかった。エネルギーの源はこの奥だ。

そう気付いたからには光がどこから発しているのか見極めたい。一童社の脇に小道を認め、春菜はそこへ駆け込んだ。細い道は社の奥へと続いていて、建物を抜けた先の斜面に小さな祠《ほこら》があった。岩山宮と記されている。祠の後ろは山である。

「山だったんだ……」

と呟いたとき、春菜はサニワでその山にある岩を見た。視覚で捉えた山は丸い稜線が木々に覆われたものだったが、頭の中には巨大な岩のイメージが、あまりにも鮮明に浮かんでいた。山のどこかに磐座《いわくら》があるんだ。

力の源が湧き出す場所が鮮明にイメージできる。それは人の作為によるものではなく、元からこの地に根ざした力だ。神社はその場所に寄り添うかたちで創建されたに違いない。太古の人は力の噴き出す場所を知っていて、そこを崇《あが》め奉ったのだ。

もっとよく見たいと思うのに、光はいつしか消え失《う》せて、風に木々が揺れるばかりだ。

「春菜さん！」

声がしたので振り返ると、仙龍とコーイチが細道を追って来るところであった。

「見た？　コーイチ、仙龍も。神社の力の源はそこよ。エネルギーを吹き出しているのは山なのよ」

岩山宮の背後にある山を指す。

「突然走り出すから心配したぞ」

「随神門をくぐったとたん、呼ばれるみたいに走っていなくなっちゃって……社長が焦るの、初めて見たっすよ」

「鬼に襟首をつままれて飛んでいくみたいだったぞ」

そんな状態だったろうかと、春菜は自分で不思議な気がした。

「力の源を知りたい一心で」

「まさか本殿をスルーするとは」

仙龍は苦笑まじりに岩山宮を振り仰ぐ。

「何を見たんだ。この祠か？」

「何って、光よ。見たでしょう？　もの凄く巨大な光の柱が、空に向かって一直線に……中央にくっきり一本、その奥に三本、そのまた奥には……ええと……都合何本あったのかしら……」

頭のなかで図形を描いた。柱は奥へ三列で、下がるほど輝きも薄くなっていた。平面で見たらボウリングのピンのような配置だ。初めに一本、両脇に見えた二本の間にもう一本あったとすれば、二列目が三本で、三列目は、

「五本だわ。計九本の光の柱が――」

二人がポカンとしているので眉をひそめた。

「――見てないの？　こーんな」

興奮のあまり腕を広げる。

実際の太さには遠く及ばないとしても、雰囲気は伝わるはずだ。

「……え、ほんとうに見てないの？」

あんなにハッキリ見えたじゃないの、と人差し指で山を指したが、なにもない。

「うそ……じゃ、私……何を見たの」

「さすがっすねえ。たぶんパワースポットのパワーってやつを、ガチで見たってことじゃないすか」

コーイチが眉尻を下げる。彼らだからいいけれど、普通の人に話したら変な顔をされるところだった。サニワが見せる幻影と現実の差は、瞬間にわかり得ないものなのだ。

「てか、春菜さん。あれが」

と、コーイチは山を指し、

「清少納言の『枕草子《まくらのそうし》』で名山のひとつと謳《うた》われ、後白河法皇撰《せん》の『梁塵秘抄《りょうじんひしょう》』に鬼神の歌がある『吉備中山』っすよ。中山茶臼山《ちゃうすやま》古墳って、宮内庁が吉備津彦命の墓と比定した御陵があるんす」

「吉備津彦命はこの境内に埋められているんじゃないの？」

「そんなわけがあるか。温羅や吉備津彦命がいたのは古代だし、神社の再建は何百年も後だ。サービスエリアでコーイチが講義してくれたじゃないか」

仙龍は呆《あき》れ顔《がお》だ。

「じゃ、大岩のビジョンは何よ？　頭に岩のイメージが湧いたんだけど。力を持った大岩よ。エネルギーの源というか、あの山のどこかにあるはず」

「吉備中山は岩の遺跡が多くて、環状石籬《せきり》に鏡岩、天柱岩、石舟古墳、八畳岩って、遺跡がゴロゴロしてんすよ。山全体が遺跡の宝庫みたいというか」

「大岩は神が降り立つ場所としてもメジャーだしな」

と、仙龍が言う。春菜は静かにため息を吐いた。

信じられない。ハッキリ見たのに。

あの興奮はなんだったのか。光の柱が消えてしまった今となっては、手入れの行き届いた境内を散策する人たちの長閑《のどか》な姿に現実を見るばかりだ。

春菜たちは改めて岩山宮に手を合わせ、血相を変えて走り込んできた無礼を詫《わ》びた。

そして境内に流れる風を吸い込みながら、神も、鬼も、等しく元は人であったという考えを一部改めようと考えていた。怨嗟が凝《こご》って鬼と化す人はともかく、神と呼ばれる存在は、人智《じんち》の及ばぬ力が宿った場所を人になぞらえた側面を持つのではないか。権力者がそうした力を利用したことで、超自然と人の思惑が合わさって、神が発現したのかもしれない。力そのものは悪でもなければ善でもない。人の思惑が絡まない限り、神は等しく神なんだ。凄まじい勢いで思考は巡り、祠に頭を垂れたその一瞬で、春菜は世界の一部を悟った気がした。

仙龍とコーイチがお参りするのを待って言う。

「神社が霊廟を兼ねると聞いたから、吉備津彦命の亡骸《なきがら》も境内に埋葬されたと思ったけれど、考えてみれば温羅がいた頃のお墓って古墳だったりしたのよね。しかも逆賊として首を晒されたくらいだから、温羅にはお墓すらなかったのかも」

「晒された首はともかく、体は犬に喰わせたか、野晒《のざら》しにされたのかもな。首も吠え続けたからこそ埋葬されたわけで、本来なら墓標すらない逆賊の死が千年以上も語り伝えられることはなかったわけだ」

「そう考えると、温羅はうまいことやったんっすね」

嫌みでもなくコーイチが言う。

「人の想いは侮れない。語り継がれているわけだから、その生き様には相応の意義があったんだろう——」

仙龍は山を見た。

「——それにしても光の柱とは。またとんでもないものを見たな」

たしかに。と、春菜も山を見る。冷静になってみれば、夜でもないのにサーチライトの、しかも苔生した巌の色をした光が何本も天を照らす理由がない。

コーイチはしばしスマホをスワイプしていたが、やがて興奮した声で言った。

「うわあ、オレ、鳥肌が立ったっす」

春菜と仙龍の前に来て、自分のスマホを振り回す。

「春菜さんが柱九本って言うから調べてみたら、吉備津神社の祭神が九柱でした。主祭神大吉備津彦命の相殿に近親の神々が祀られているんすよ。吉備津彦命の兄弟が三柱、異母兄弟が三柱、兄弟の孫が二柱で計九柱。これって偶然なんすかね」

図らずも光の柱と同じ数である。

「吉備中山の御陵って、同族を葬ったお墓なんすかね」

「まさしく霊廟というわけか」

仙龍は山を見上げた。

私は御陵に眠る神々の姿を見せてもらったのかもしれない、と春菜は思った。そして神を数えるときに柱を使う理由を知った。誰かもやはりあれを見たのだ。光の柱が立つ様を。太古の人々は現代人よりも鋭い嗅覚《きゅうかく》や感覚で土地の力を察知して、神が降り立つ、奇跡が起きる、祈りが届く場所を見つけた。尊い者の亡骸をそこに葬り、不思議の力と権力を融合させた。人々が祈り、亡骸は神格化されて信仰を生み、やがて神が出現する。ほんの一瞬、春菜は真理に触れた気がした。

「順序が逆になっちゃいましたけど、ちゃんと御本殿へ挨拶にいかないっすか？」

コーイチが至極真っ当な提案をした。

本殿へと戻りながら、春菜は再び山を仰いだ。さほど高い山ではないので、稜線はすぐに建物の陰に隠れたが、天空を突き抜けるような柱の威光はまだありありと脳裏に焼き付いていた。サニワがあれを見せたのならば、やはり自分はここに呼ばれたのだ。

来たときと同じように石の鳥居をくぐり抜け、本殿脇の境内へ出た。

吉備津神社は北随神門を抜けた先に絵馬殿があり、本殿を正面に仰ぐことのできる仕様になっている。拝殿は本殿と接続していて、比翼入母屋造りの屋根は本殿の脇からでなければ確認できない。大銀杏の下で足を止めると、敷き砂利の先に本殿側面と荘厳な比翼造りの屋根が望めた。社殿は白漆喰《しっくい》で塗り固めた基壇の上に立ち、擬宝珠《ぎぼうし》をつけた高欄上部に雁木《がんぎ》が広く突き出している。壮麗で気品のある建造物だ。職人の血が騒ぐのか、仙龍とコーイチは腕組みをして社殿を眺めたまま動こうとしない。

「そもそも構造が妙っすね」

しばらくするとコーイチが言った。

「そう？　どこが妙なのか、私は全然わからない」

建造物に関して素人の春菜は、せいぜいお宮っぽくないと感じる程度だ。縁下にのびる亀腹《かめばら》漆喰部分を含め神社と寺院の中間のような意匠だと考えていると、仙龍が言った。

「よく見ろ。側壁の柱の間隔が違うだろう？」

柱がなんだというのだろう。社殿側面に視線を注ぎ、壁に並んだ柱を見つめる。

「ああ……等間隔になってないのね」

一間、二間というように、建築には扱いやすい部材の取り合いがあって、それは現代建築でも、春菜たちのような展示の仕事をする上でも押さえておかなければならないポイントだ。現代は特に、安価に使える規格品を重宝するので、この社殿のように間柱が等間隔に立っていない建造物はコストの上でもマイナスになる。

「そうか、間隔もちぐはぐなのね……中央へ行くにつれて狭まっているのかと思えばそうでもないわ。なぜかしら」

「たぶん内部構造と直結しているんすよ。ここは拝殿と本殿がつながった複合社殿だけど、拝殿より本殿のほうが大きいっておかしくないすか。あと、神社なのに天竺《てんじく》様式を用いてるのも、珍しいっちゃ珍しいすよね。霊廟を兼ねているからっすね、たぶん」

「だが吉備津彦命は山にいて、明確に言うなら神社自体は霊廟ではない」

と、仙龍も首を傾げた。コーイチの言うように拝殿と本殿の大きさの差は歴然だ。

「神様がいる場所のほうが広いのね。こういう構造は珍しいの?」

「通常、拝殿には参拝する者が、本殿には神がいるから、多く参拝者を募《つの》るためにも拝殿の面積のほうが広くなる」

「そうっすよね? 普通は拝殿のほうが広いっすもんねえ」

「それが逆だと、どうなるの……？」

「温羅を祟《たた》り神の扱いにしてるってことすかね。御霊信仰の神社の場合、敷地《しきち》も広くて造りも豪華だっていいますもんね」

「それは社殿の話であって、拝殿と本殿の大きさのバランスじゃないよな？」

仙龍が言う。コーイチは春菜を見た。

「出雲大社はどうでしたっけ？　いろいろビックリした挙げ句、暗いなか急いで参拝したから、建物の構造までは覚えてないんっすよね」

それは春菜も同様だ。記憶にあるのは神様が参拝を待ってくれていたという感覚と、境内で偶然見かけた瘴気の固まりを背負った女の異様さだけだ。あの女と出会えたからこそ、清浄な神社にも不浄が吹きだまる場所があることを知ったのだ。見えているものだけが真実を語るわけではないと。

「あ」

そのときだった。矢で脳天を貫かれたように、春菜に閃《ひらめ》きが降ってきた。

「……霊廟」

「なんすか？」

と、コーイチが訊く。

「霊廟よ。ここへ来るときコーイチは言ったわよね。ここは吉備津彦命の魂を祀るために仁徳天皇が建てた社が始まりだって。もしも、もしもよ？　吉備津彦命じゃなくて、温羅のための霊廟だったら？」

仙龍はコーイチと視線を交《か》わした。

「面白いことを言うな」

「だって、吉備津彦命は吉備中山に鎮まっているのよ。山がエネルギーを噴き出しているから、それは間違いないと思うの。権力者は権力を維持できる場所に葬られて然《しか》るべきだもの。対して、広大な敷地を持つこの神社は、祟り神を鎮める霊廟だと考えたらどうかしら。討伐された温羅とその一族、温羅を慕《した》った臣民の怒りが凄まじく、朝廷は温羅をないがしろにできなかったし、だからといって怨霊を恐れる姿も見せられない。そこで温羅を吉備津彦命の軍門に降《くだ》らせ、鳴釜神事という役割を与えて公に魂を慰めた」

「ダブルスタンダードっすか。民には内緒で、怨霊に誠意を見せたってことっすね」

「実質は温羅の社殿を創建しながら、表向きは吉備津彦命を神としたというわけか。崇める者が多く来て温羅に力が集まるのは困る。だから拝殿は広くできない」

「参道にもお店が二軒しかなかったでしょ。これほど大きな神社なら、出雲大社みたいに商店が集まってきてもおかしくないのに、そうじゃない。ひっそりとして、高貴だわ」

「なるほどな」

仙龍は腕組みをして社殿を見上げた。

「だから特殊な神社を建てた。温羅は鬼でなくてはならず、四民には温羅が降伏したと信じさせる一方で、怨霊には最高の誠意を見せた。あり得るな」

「スゲー」

と、コーイチが小さく叫んだ。

「やっぱりここは一対でバランスを保《たも》つ場所なのよ」

「んじゃ、なんすか。足利義満が神社を再建したわけも、ここが寂《さび》れると怨念《おんねん》が噴き出すおそれがあったからすかね。それか、温羅の怨霊が鎮まりきらずに、もっと大きな社殿にしなきゃならなかったとか」

「仁徳天皇が社を創建したのも、吉備津彦命の魂を祀るためというよりは、温羅の祟りを鎮めるためだったのかもしれないな。温羅の首が地中で吠え続けたという十三年は比喩《ひゆ》であり、実際はもっと長い時間……たとえば仁徳天皇の時代になってから、ようやく祟りを鎮める事業に着手できたとか」

「殺生石みたいなもんすかね。怨毒《えんどく》を噴き出して、ある程度鎮まるまでは近づくことすらできなかったとか。うん。あるかもしれないっすね」

仙龍はコーイチに目をやった。

「忌《い》み地として放置された場所は日本中にあるし、ここがそうだったとしてもおかしくはない。そう考えると、平安中期に最高の社格『一品』を贈られた理由も頷ける。温羅の凄まじい怨念は、うまく使えば平将門・藤原純友の乱を鎮定させる力になったのかもしれない。朝廷にとっては天下太平を司る重要な神社だったんだ」

鬼の汚名を着せられた御霊を鎮め、その怨毒を用いて天下太平の祈りを叶《かな》え、四民の崇敬を集めて然るべき吉備津彦命を奉る場所。陰陽の絶妙なバランスを持つ神社。犬、猿、雉《きじ》に、きび団子、慣れ親しんだ桃太郎《ももたろう》のおとぎ話にそれほど深い背景があると考えたことはなかった。

「屋根は双翼、拝殿より本殿のほうが広いのは、温羅の魂を閉じ込める呪で」

春菜は鬼の気配が少しもしない理由に気がついた。

「つまり、そういうことだったのよ。御本殿には」

「鬼がいる」

仙龍は春菜と視線を交わした。コーイチが言う。

「え。つか、温羅の首は御釜殿の下に埋められているんじゃないんすか」

「大抵の資料ではそうなっているけれど、それだと今の仮説に合わないわ。それに初めて神社の話を聞いたとき、珠青《たまお》さんも社殿の下に鬼の首が埋められていると言ってた気がする。そうよ、たしかにそう言った」

「珠青もサニワが強かったからな。意図せず言い当てたのかもしれない」

と、仙龍が言う。その珠青は子供を産んでサニワをなくした。

「小林教授も言っていたじゃない。温羅が吉備津彦命の夢枕に立ったあと、首は掘り出されて新たに埋められたって。それまでは神饌を炊く場所に埋められていたのかもしれないけれど」

「まあ、上でごはんが焚かれていたら、頭の天辺《てっぺん》が熱いっすもんね」

コーイチは自分の頭を撫でている。

「現在の御釜殿は慶長十七年に再建されたものらしい。本殿の再建はそれより前だから、足利義満が神社を再興したとき首を移したとしても話は通る。特殊な社殿を見ればなおさら、温羅の首を移すことが再建の理由だったとも考えられる。仁徳天皇の時代に社が建って、千年以上の時を経《へ》てより壮大な社殿が造られたのは、足利義満に、ここの力を権力に応用したい腹づもりがあったからだろう。その後六百年近く経ってから、温羅の伝承を追いかけて隠温羅流がここへ来た」

「境内に不穏な空気がなかったわけは、怨毒がすでに浄化されていたからね。温羅を隠して温羅を崇めた年月が、根深い怨毒を浄化したのよ」

「隠温羅流！」

仙龍とコーイチが同時に叫んだ。

「まさかそういう意味だったんすか？」

「なによ、どういう意味だと思うのよ」

「ええと、う～んと、え～と、あ～……瞬間的に閃いたんっすけど……なんかなあ」

「鬼であることを隠して神と崇めて、崇めることで鬼が本当の神になる。隠温羅という文字列は、それを示唆《しさ》するものじゃないかということだ」

仙龍が言う。

「なにそれ」

「呪かもしれない。隠温羅流を創始した者が、未来の俺たちに託した呪なのかも」

春菜は胸の裏側が震えた。そうかもしれない。本当に、そうかもしれない。

「んでも結局、何をどうすればいいんっすか？」

仙龍は優しい顔で頭を振った。

「コーイチ、焦るな。ようやく道筋が見えたんだ。無理に理由をつければねじ曲がる。今はただ閃きを覚えておけばいい」

「忘れないわ。私がきっちり覚えておくから」

ホントーに大丈夫っすか、とコーイチが言い、春菜たちは同時に笑った。

「それにしても、人の怨《うら》みって、どんくらいもつもんなんすかね？　祀れば早めに鎮まるのかな。御霊を祀って神様にしちゃうなんて、一番強《したた》かなのは人間っすね。あれ、ん？　そういえば……」

ようやく御本殿の脇を通って拝殿へと向かうとき、コーイチは自分の額に手を置いて、何かを思い出したかのように足を止め、

「うわ……今日はトリハダ二回目っすよ！　その仮説を裏付けるような情報を、俺、知ってたみたいっす」

独り言のように呟いてから、ポケットに手を突っ込んでスマホを出した。

「オレの大学に、棟板の墨書きを研究してる教授がいるって話したじゃないすか。春菜さんが、オオヤビコが人間だったときの号が『飛龍《ひりゅう》』だっていうもんで、墨書きに同じ名前がないか調べてもらってる先生っすけど、その先生が……ちょっと待ってくださいよ」

あ、これだ、うわあ。とコーイチは言って、もらったメールを確認した。

「ちょっと前に、ここの北随神門が修復されて……屋根を剝《は》がすっていうんで、先生も調査でここへきて、いろいろ見学させてもらったそうで、あ、やっぱり」

「何が『やっぱり』なんだ？」

仙龍に訊かれてコーイチは、一歩下がって社殿を指した。

「ここから見てもわかりますけど、本殿のGL（地盤面）は傾斜しているんすよ。それを補正するために白漆喰塗りの基壇を造って、上に構造物が立ってますよね。高床になっているじゃないっすか」

指先で建物の基礎部分をなぞっていく。

「先生は御本殿の外陣まで入れさせてもらったそうなんすけど、主祭神が坐《まし》す内々陣は床がさらに上がっているんで、隙間をどう活用してるのか宮司さんに訊ねたら……」

「わかった。胎内巡りの施設があるの?」

亀腹内部が通路になっているのではないかと思って言うと、コーイチはこの上なく嬉しそうな顔で、「ブッブー」と指を左右に振った。

「床下まで、びっちり土を詰めてあるそうで——」

春菜も思わず鳥肌が立った。

「——なぜなのか理由を聞いたけど、宮司さんも知らないと」

頭のなかで小林教授が微笑《ほほえ》んでいる。いつものように両手をこすり合わせて、

『いやあ、興味深いですねえ。これだから学者はやめられません』

と言っている気がする。屋根が双翼造りであるのは温羅と吉備津彦命を同列に祀る呪ではないかという棟梁や教授の推理を知ったときには発想が面白いと思っただけだが、今はそれが確信に変わりつつあった。

「やっぱり温羅の首は本殿の下に眠ってるんだわ」

春菜は呟き、

「お参りしましょう」

と、仙龍たちに言った。社務所の前を通って拝殿の正面へと向かう。

参拝者が祈りを捧げる場所は絵馬殿にある。そこに立つと裳階越《もこし》しに拝殿と、さらに上がった本殿を仰ぎ見ることができるのだ。

隠温羅流と仕事をするようになってから、春菜は自分の意志とは関係なく、何度も怪異に遭遇してきた。それらはいつも突然春菜の身に降りかかり、サニワを通して呪いや怨毒や非業の死を訴えてきた。そして、どれほど恐ろしい目に遭おうとも、ひとたび因が浄化されれば、はたしてあれは本当のことだったのかと思うほど後腐れなく、記憶から恐怖だけを取り去っていった。怪異のさなかにいるときは現象のすべてを信じるのだが、終わればすべてが夢だったかのようで、それこそが浄化の証《あかし》だろうと思う反面、今回の『これ』は今までとは違うという感覚を覚える。

そう。今回は違うのだ。

怪異は不意に襲ってこない。私自身が覚悟を決めて怪異に踏み込んで行くしかないのだ。仙龍の鎖を解くためならば甘んじて怪異を呼び込んでもいい。仙龍やコーイチや珠青の子供が厄年で死ぬことがないように。いいえ、違う。と、春菜は自分に言った。神様の前できれい事なんか通用しない。私が戦うのは、仙龍を死なせたくないというエゴイスチックな理由のためだ。なにかがそれを奪うというなら、私はさらに強くなる。伝承と現実をつぶさに照らし合わせていくのは怖いけど、絶対に逃げたりしない。だから、どうか教えてください。隠温羅流に懸かった因を解かせてください。

そう祈るつもりで春菜は拝殿の正面に立ち、賽銭《さいせん》箱と手すりで隔《へだ》てられた建物の奥に目をやった。扉を開いた内々陣のそのまた奥に、神の坐す本殿と、そこに祀られている御幣が見えた。背面が黄金に輝いて、稲光りのごとき御幣のシルエットが際立っている。

「やっぱり一対……神殿の御幣も一対だわ」

春菜は魂が震える気がした。

祀られた御幣は紛《まが》うことなく一対だ。教授が知ったらなんと言うだろう。春菜は改めて姿勢を正し、神の御前に頭を垂れた。作法に則って二拝したあと、柏手《かしわで》を打って合掌し心の内を神前に晒す。

そこに坐すのが誰であろうと、力の源に自身を預け、降り注ぐ神力を魂に受ける。出雲大社では繭に包まれる感覚があり、この場所では一陣の風が全身を貫いていく感覚を得た。出雲には出雲の、吉備には吉備の、信州には信州の神がいる。それを産土神と呼ぶのだと、春菜は思った。自分の体に流れるものと、この場に流れる力は違う。であれば、隠温羅流がもしもこの地で生まれたのなら、どうして産土神を捨ててまでして信州へ逃れなければならなかったか。彼らがそれほどまでに恐れたものは何か。どうすればそれと戦えるのか。姑息《こそく》な手段を使うことなく、卑怯《ひきょう》ではなく真っ直ぐに、仙龍や棟梁や四天王やコーイチや、歴代導師が納得するかたちで戦えるのか。それが一番大切なのだと、祈りながら春菜は自分自身に言い聞かせていた。

神の声は内から湧き出し、ともすれば楽なほうへと流れたがる春菜自身に語りかけてくる。お願いしますと春菜は祈った。そして最後は、物事が正しい流れに行きますようにというシンプルな考えを得て、暗闇に明かりが灯《とも》ったような気がした。

長い祈りのあと、目を開けてさらに一拝すると、視界の端に何かが映った。

顔を上げて拝殿を見る。裳階の先、厳《おごそ》かに奥まっていく本殿への意匠は、拝殿の左右に四本ずつ等間隔に並ぶ柱の美しさに圧倒されるものだった。腰を屈《かが》めて天井を覗けば、一抱《ひとかか》えでは足りないほどの太さの柱が梁を剝き出した高い屋根へとのびている。

仙龍とコーイチが参拝を終えるのを退いて待ち、二人が顔を上げたとき、春菜は二人の視線を拝殿に向けさせた。

「あれを見て。拝殿の柱を」

壁の隙間を抜けた光が厳かに内部を包んでいる。

数百年の時を経た匠《たくみ》の技が朽ちることなくそこにある。

「立派で太い柱っすねえ」

と、コーイチが感心して言い、

「支柱がどうした」

と、仙龍が訊いた。

「柱というか、根巻きを見てよ」

建築でいう『根巻き』とは、湿気やキズなどから柱を守るため支柱下部に巻きつけられた金属の飾り部分を言う。吉備津神社の拝殿は、八本の支柱すべてに腰の高さほどの根巻が施されている。一見しただけではわかりにくいが、赤黒い錆《さび》が独特な風合いを醸《かも》し出《だ》し、根巻き自体に厚みがあった。

「鉄だな」

興味深そうに首を伸ばして仙龍が言う。

「鋳鉄っすかね？　あの太さの柱を巻くのに、この大きさの鋳鉄を使うってすごいっすね」

「そうよね？　普通は加工の容易な銅や真鍮《しんちゅう》を使うわよね。鉄は容易に曲がらないから、柱の太さに合わせて特別に鋳造しなきゃならないわよね」

「や、スゲーな……さすがは鉄の国っすね」

「あっ」

「どうした」

と、仙龍が訊いたとき、春菜は胸を押さえて地面にうずくまっていた。

鬼が記した因のあたりが焼き鏝《やごて》を押し当てられたように痛い。首を竦《すく》めて頭を伏せて、痣を押さえても痛みは止まない。いたたまれずに襟元から手を突っ込んで、痛む場所に触ってみると、焼け爛《ただ》れたかのように指先でズルリと皮が滑った。

「春菜、どうした」

仙龍が目の前にしゃがみ込む。目が合ったとき、春菜は服から手を引き抜いた。五センチ四方の皮が剝がれて、ベットリと血が付いている。

「うわ、春菜さん」

コーイチがうろたえてのけぞったとき、嘘のように痛みは消えた。

「見せてみろ。どこを怪我《けが》した」

仙龍の手が肩にかかった。そのときにはもう、指先についた生皮も、手を汚していた血液も、幻のように消えていた。

春菜は無言で立ち上がり、呆気《あっけ》にとられている仙龍を見下ろした。

「え、うそ。嘘っすよね？　春菜さん、今、血が……あれ？」

コーイチの声に、仙龍も立ち上がる。

「サニワか。今のはサニワだったのか」

さすがの仙龍も驚きを隠せない。春菜は仙龍とコーイチの前に両手を差し出し、表と裏を返してみたが、どこにも血は付いていなかった。

「そうみたい」

春菜はオオヤビコの因について伝えなかった。仙龍があまりにも動揺したからだ。寿命の祟りを背負っているのは彼なのに、自分のことまで心配させては耐えられない。両手で髪を掻き上げて、春菜はニッコリ微笑んだ。今じゃない。いつかは痣のことを伝えなければならないとしても、今はまだ、オオヤビコの正体も、その魂胆もわかっていないのだから、鬼に痣をつけられたと告白したら、仙龍はもっと心配するだろう。

「いい線まできていると、鬼が教えてくれたんだと思う。隠温羅流の因縁は、やっぱり鉄と関係あるのよ」

そしてコーイチを見て言った。

「根巻きが鉄だとわかったんだから、たたら製鉄についても調べてみない？　製鉄業に関わる人が信仰している神社があると聞いたけど」

「金屋子神社のことっすね」

「なんて言ったの？　かなやご？」

ドヤ顔をしてコーイチが答える。

「かなやこ、とも、かなやご、とも言うみたいっすけど、『かなやご』のほうが一般的なんすかね。そもそもたたら製鉄は、白鷺《しらさぎ》に乗って桂の木に舞い降りた金屋子姫が伝えたものといわれてるんすよ」

「岡山から島根へ抜ける途中にたたらの町がある。金屋子神社はその少し先だと思うが」

「予定より早く岡山へ着いたのは、そこへ導かれたせいかもね」

「んじゃ、さっそくカーナビで検索してみますか」

コーイチは仙龍の許可を得て一足先に車へ戻った。仙龍は鐘鋳建設名義で棟梁から預かってきた初穂料を受け所に納めていくと言う。

「私も小林教授に頼まれたものを買わないと」

春菜と仙龍は授与所へ向かった。小林教授所望の品は『吉備の狛犬《こまいぬ》』と呼ばれるもので、手のひらに載るほど小さな犬が二匹と、鳥が一羽《わ》、合わせて三体の土雛《びな》だ。三体をひと組として参拝者に授与され、食卓に置けば噦下《えんげ》障害を防ぐお守りになり、細かく砕《くだ》いて畑に撒けば虫の発生を抑えると言い伝えられる縁起物だそうだ。

それは艶《あで》やかなお守りに紛《まぎ》れてひっそりと授与所の片隅《かたすみ》にあり、見れば手作りの素朴な温かみにあふれていた。現物があまりに可愛らしいので、春菜は仙龍の姉珠青の分と、自分のためにもひと箱買った。花模様の包装紙で包まれた小さい箱に、土で作られた犬と鳥が入っていると思うだけで、なんだかほっこりしてしまう。一対の犬に鳥を足してあることもまた、二つ巴《どもえ》で力を発するこの場所の秘密を守る呪ではないかと、春菜には思われるのだった。

仙龍と駐車場へ向かっているとき、春菜の携帯に電話があった。

歩調をゆるめて受信ボタンを押すと、先で仙龍も歩調をゆるめる。ただそれだけのことが春菜は嬉しい。追いかけながら電話に出ると、春菜が勤めるアーキテクツの上司、井之《いの》上《うえ》だった。

「はい。高沢です。どうされましたか？」

休日なのでそう訊くと、井之上は恐縮したように、

「休みなのに悪いな。今どこだ？」

と訊いてきた。数歩先で足を止めた仙龍を見て、春菜は答える。

「岡山の吉備津神社ですけど、なにか」

「うわ……そうかー……」

井之上はガッカリしたようにため息を吐いた。

「緊急ですか？　遠すぎてすぐには帰れないんですけど」

「だよな。いや、いい。俺のほうで対処しておくわ」

井之上は文化施設事業部の部局長で、やり手のプランナーでもある。規格外の仕事をこなすことが生き甲斐《がい》で、小林教授が学芸員をしている信濃《しなの》歴史民俗資料館の立ち上げなど巨大プロジェクトから個人経営の展示館まで、面白みのある仕事なら何にでも食らいついていくガッツマンだ。春菜と鐘鋳建設の付き合いも、元は井之上の紹介で始まった。

「休みに電話してくるくらいだから緊急なんじゃないですか、大丈夫ですか？」

念のために訊ねると、井之上は若干言いにくそうな気配をさせて、

「まあ、でも岡山にいるなら仕方ない。それに……実は長坂《ながさか》先生の案件なんだよ」

春菜は突然早歩きになって仙龍に追いついた。そのまま追い抜いて車へ向かう。

一級建築士の長坂はアーキテクツのクライアントで長坂建築設計事務所の所長だが、金に汚く言動に信頼がおけないので、春菜は天敵と定めるほどに嫌っている。彼が依頼してくる仕事といえば、困難ゆえに受注する者がなく納期も予算も厳しい物件ばかりだ。

「聞いてるか？　そう露骨に厭《いや》な顔をするな」

「厭な顔なんてしていません。ていうか、私の顔が見えるんですか」

「見えるさ。長坂先生の話をすると、いつも仏頂面になるからな」

そのとおりだから、返す言葉もみつからない。

「あの先生の仕事は受けたくないです。だいたいですね、どうしてわざと休みに電話してくるんです？　いつもそうじゃないですか、休みに電話すれば緊急と思ってくれるだろうって、その魂胆が見え見えですよ」

「激昂《げきこう》するな。今回はちゃんと理由があるんだよ」

井之上がそう言ったので、春菜は車の脇で止まった。

仙龍は助手席に乗り、コーイチと一緒にカーナビを見ている。窓から覗《のぞ》き込《こ》んで（ごめんね）とリアクションすると、仙龍が頷いた。

後部座席のドアを開け、吉備の狛犬を座席に置くと、自分も座って春菜は訊ねた。

「理由ってなんですか」

「自分の事務所をかまえてからは、先生も丸くなってきたんだぞ。心を入れ替えたというか、あれこれ信じる気持ちが湧いたらしい。そこは高沢のお手柄《てがら》じゃないか」

「おだてたってダメです。お手柄でも売り上げには貢献していませんし」

膝を組み、仏頂面で髪の生え際《はえぎわ》を掻く。

長坂は大手を振って禁足地に踏み入り、結界の注連縄《しめなわ》を平気で引きちぎる傲岸不遜《ごうがんふそん》な男だった。怪異にも信仰にも敬意を払わず、節約と効率にしか関心がない。鉄壁の不信仰が鎧《よろい》となって、目の前で異変が起きても気がつかない。ある意味無敵の不信心野郎だ。

ところが、安く買い叩いて購入した因縁物件で未曾有《みぞう》の怪異に遭遇し、以降は少しだけ態度が変わった……ように思えないことも、ないかもしれない。

「でもまあ、そういえば事務所開きからこっち、しばらくは大人しかったですものね。それで？」

「うむ……実は、製糸業で成功した人物の邸宅が上田市《うえだ》に寄贈されることになったらしいんだ。それで長坂先生のところにプランニングの話が来たんだが」

「大きな仕事ですか？」

「文化財クラスの建物だし、そこが展示資料館になれば市の観光課もサイン関係を一斉に整備する可能性があるし、そうなると、かなりの売り上げが見込めるはずで、うちとしては今のうちから一枚嚙んでおきたい案件だ。現在は小林教授のチームが調査に入ったところで、実行はまだ先になると思うが、邸宅に妙なものがあるとかで、長坂先生が高沢を指名してきたんだよ」

　春菜は運転席のコーイチや仙龍を見た。それが長坂の常套《じょうとう》手段だ。自分を巻き込めば鐘鋳建設が無償で動くと思っている。その目論見が気に入らないのだ。

「妙なものって？　休日に行かなきゃならないほどのものですか」

　思わず声に棘《とげ》が出る。井之上は苦笑した。

「いや、そうじゃない。前の一件がずいぶん堪えて——」

　苦笑どころか笑っている。

「——あれで長坂先生も変わろうと努力しているんだよ。もしも高沢が空いていれば、ドライブがてら現地で屋敷を下見ついでに信州アルプス牛のステーキでもと言ってきた」

「ステーキって。パグ男が奢《おご》ってくれるんですか、まさか」

「その『まさか』だよ」

「わー怪しい。ますます怪しいじゃないですか」

「身も蓋《ふた》もない言い方するなよ。相手が変わろうとしてるのに……まあいいさ。高沢はどうせこっちにいないんだし、俺が下見に行ってくる」

「ステーキなんか食べないほうがいいですよ。ワリカンにしておかないと、ステーキひとつでどれだけタダ仕事をさせられることか」

「いい。もうわかったからそれ以上言うな」

春菜の態度に呆れたのか、

「気をつけて帰ってこいよ」

と井之上は言って、早々に電話を切ってしまった。

「どしたんっすか？」

と、コーイチが訊く。

またも大人気ない対応をしてしまったと反省しながら、春菜は後部座席のドアを閉めた。長坂が絡むとつい感情が剝き出しになる。悪い癖《くせ》が出たなと思う。いくら煮え湯を飲まされ続けてきたといっても、長坂が著名な建築士であることは間違いないのに。

「ダメなのよね……好きキライを仕事に持ち込まない大人の女になりたいわ」

自己嫌悪からそう言うと、

「さては、例の設計士がらみか？」

助手席の仙龍が振り向いた。

「ご名答。養蚕業で財を成した人の邸宅が市に寄贈されるんだって」

「あー、富岡製糸場《とみおかせいしじょう》が世界遺産に登録されてからこっち、それ系の施設の保存運動が活発になったからっすね。長野は製糸関連の施設が結構残ってますもんね」

「その流れも数年前に落ち着いたと思っていたけど、違うのね」

「どんな邸宅だ」

「詳しい話は聞かなかったけど、小林教授のチームが調査に入るみたいだから」

「んじゃ、小林センセからも連絡がくるかもですね」

「時代を背負った建物に手をつける場合は慎重にしろよ」

「私が担当すると決まってないわ。なんたってパグ男がらみだし」

「だからこそ春菜さん担当になるんじゃやないすか」

そう言うと、コーイチはキヒヒと笑った。

「ならないわよ。いま岡山だって話したら、井之上部局長が行ってくれるって」

春菜はスマホをポケットにしまい、助手席と運転席の間に身を乗り出した。

「で、たたら集落には寄っていけそう？」

コーイチがカーナビをスクロールする。

「奥出雲周辺にはたたら関連の遺跡がけっこうあるけど、行くなら雲南市の吉田町《よしだちょう》っすかね。菅谷たたら山内って、日本で唯一高殿様式の製鉄施設が残されているんすよ。ここから二時間半ってとこすけど、春菜さんが行ってみたいと言った金屋子神社本社がそのちょっと先なんで、夕方までに松江へ抜けて宿を捜せば、出雲大社で一泊しても日曜には山陰自動車道から長野へ帰れると思うんす」

「ルートで追うとそれが一番よさそうだ」

仙龍も言う。春菜は大きく頷いた。

「吉備津神社の根巻きの鉄も、奥出雲で産出されたものだと思う？」

「思うっす。日本中がここの鉄を使いたかったわけだから、崇敬を集める神社には地元の鉄を使ったはずっす」

「歴史を紐解《ひもと》けばつながりが見える。朝廷がどれほど温羅の威光を隠しても、穿った目で見れば痕跡《こんせき》があるように、土地にも人の記録が残る。温羅と鉄のつながりもまた然り。柱の根巻きに鋳鉄を使うのは技術的にも難しい。根巻きが本当に十四世紀の作かわからないが、そうとするならすごい技術だ」

「そういう技術者がいたのは、『ここ』しか考えられないっす」

「そうよね」

その鉄に仙龍の先祖が関わったということはないのだろうか。温羅を隠すと書いて隠温羅流。仙龍はそれを呪と言った。吉備津神社の成り立ちを知った今となっては、隠温羅流の名称に並々ならぬ秘密を感じる。

「出発するぞ」

仙龍がシートベルトを締めたので、狛犬の包みを丁寧によけ、春菜は後部座席に座り直した。少しだけ窓を開けて岡山の春風を車内に呼び込む。

「こっから島根へ向かっていくと、通り道一帯がたたらの土地ってことっすよ。米子《よなご》から境港《さかいみなと》まで弓《ゆみ》ヶ浜《はま》って半島があるんすけど、そこの砂州は鉄穴流《かんな》しでできたらしいす。今も砂鉄で黒くなった砂浜が見られるそうで」

「たたら製鉄の歴史は千年近い。周辺には鉄に関わる者たちが作り上げた地形がゴロゴロしている。鉄穴残丘とか」

車は再び松の参道を通って山陽自動車道へと向かう。

「なんなの、鉄穴残丘って」

正面に吉備津駅を見る場所でコーイチは右折した。

同時に左右を確認しながら仙龍が言う。

「奥出雲の景観の一部は鉄師が作り上げたものだ。文字どおりに山を穿って砂鉄を採った。人力で山を切り崩し、掘り出した土を水に流して比重の重い砂鉄を沈め……その作業で地形も変えた。鉄に関わるのは命がけで、人の力だけではどうにもならないからこそ、たたら師は信心深かった。鉄穴残丘は削った山の一部を神聖な場所として残したものだ」

そういえば、出雲へ行ったとき気になっていた景色があった。

「それってどんな地形なの？」

「事情を知らずに眺めれば、棚田や水田に浮かぶ小島のように見えるかもしれない」

「やっぱり……出雲へ行ったときに不思議で面白いと思った景色があったけど、あれは砂鉄を採った跡だったのね」

「手掘りで山ひとつなくしちゃうんっすから、すごいっすよね」

コーイチはそう言ってから、

「野だたらの跡も、まだあっちこっちに残ってるらしいっすよ。もともと鉄の民は原料や炭の材料を求めて移動していたんすけど、やがて権力者に囲い込まれて山内《さんない》で製鉄するようになっていくんす」

「ごめん。山内っていうのがわからないわ。地名？」

訊くと仙龍が振り返った。

「山内は鉄鋼関係の職人たちの住居兼作業場だ。鉄は吉備地方の一大産業だったからな。権力者が作業場と住居を一体にして職人たちを囲い込み、独占的に鉄を流通させたんだ。奥出雲にはいくつも山内があり、鉄の吹き方や、たたらの作法も少しずつ異なっていたらしい。それぞれの山内を巡って意思疎通を図る役目をしたのが金屋子神社の宮司という」

「詳しいのね」

「棟梁とコーイチの受け売りだ」

仙龍は白状した。

「野だたらから山内への移行がだいたい十七世紀頃なんで、十四世紀に再建された吉備津神社の根巻きはたぶん、野だたらで吹かれた鉄と思うんすよね」

「『山を穿って火を吹く』は、比喩じゃなく、言葉そのままの意味だったのね。地形を変えてしまうほどとは想像もしなかった」

どうりで土地のパワーがすごいはずだと春菜は思った。温羅の名前つながりで訪れた吉備津神社は、因縁を転ずる呪を施した気高くも不思議な場所だった。誰であれ隠温羅流の創始者は、あの場所の呪を理解していたと思われる。

その者は温羅と同じ鉄の民で、本殿の根巻きに使われた鉄を吹いたのだろうか。吹かないまでもその者は、温羅に施された呪や、首を納めた壮大な社殿を知っていた。だから流派の名前に温羅を用いて己の子孫にメッセージを残した。

鬼を隠して神とせよ。

隠して祀られ、祈りによって怨毒を浄化することができた温羅に倣って因縁を解けと。

右折左折を繰り返し、車は雲南市を目指して進む。なだらかで優しげな稜線を持つ山々を眺めながら、春菜は千年にわたる鉄の民の歴史に想いを馳《は》せた。

其の三

金屋子神が仙龍を縛る

信州からずいぶん南へ来たはずなのに、山に入ると日陰《ひかげ》に雪が残っていた。芽吹きの時を待ちかねて赤みを増した山の木々、浅黄色に変わりつつある土手の景色は、信州の山と見紛《みまが》うほどだ。空の色だけは鮮やかで、そこが少し違う気がする。山々の合間を縫うように走る道路はとても細くて、隠れ里に向かっているのだと春菜は思った。山際が近く、道路脇は雑木だらけで、畑を作れるような平地はない。谷間には川が流れている。

農作物の育たぬ場所で、たたら衆は鉄を作った。あまりに静謐であまりに寂しい外界と隔てられた山奥の村。かつての菅谷山内には、今もたたら師の末裔《まつえい》が暮らしている。

「間もなくっすね」

流れに沿って葦《よし》の原が続き、その川にかかった橋を渡って山の中へと入っていく。するとすぐさま、駅裏の商店街に並ぶような低層の建物が集まる場所に出た。

道は狭いが、町に独特の風格がある。京都や金沢あたりの町屋が山麓《さんろく》に出現したとでも言えばいいのか、どの建物も相応に意匠をこらした佇まいだ。

目的地はさらに上った先にあるらしい。見落としてしまいそうな細道へ、コーイチはハンドルを切った。車一台がようやく通れる坂道は石畳で舗装され、上りはじめるとすぐ脇に白壁と赤瓦《あかがわら》の立派な蔵が並んでいた。観光用にディスプレイされた施設のように美しい。周囲を囲む山が坂道の先へと遠のいて、瓦屋根の上に青空が広がっている。

「あれがたぶん田部《たなべ》家の土蔵群っすね。田部家はこの山内を治めていた松江藩《まつえ》の鉄師っすけど、元は熊野《くまの》の豪族で、千石船に鉄を乗せて大阪や佐渡《さど》まで運んでいたんすよ」

道は見上げるほどの急勾配だ。両側に趣のある家々が並び、古の日本へ迷い込んでいく錯覚を覚える。

春菜は山奥の隠れ里に見る財力の凄まじさに驚かされた。

なるほど、たたら製鉄は土地の自然を用いた錬金術だったのだ。産土の血肉を和鉄に変える究極の呪だ。隠温羅流のルーツがここにあるなら、仙龍たちが天地神明の呪を駆使して因縁物件と向き合えるのも宜《むべ》なるかなだ。胸に刻まれた鬼の因が、切なさにむせび泣いている気がした。

カーナビのアナウンスに従って坂道を進んでいくと、古民家の軒下に『鉄の歴史博物館』と書かれたサインが見えた。建物前は坂道で駐車場が見当たらないので、脇道へと入り込んで申し訳程度の場所に車を止めた。

コーイチと仙龍が建築物のプロならば、春菜は博物館展示のプロである。佇まいや設備を見れば博物館建造の背景におおよその想像がつく。観光誘致が難しいこの場所に施設ができたのは、文化財の助成金が下りて保存展示を進めたためだとすぐに思った。捨て置けば消え去ってしまう文化や遺跡を後世に引き継いでいくことは、今ある自分を誕生以前へ遡《さかのぼ》る術を遺《のこ》すことだ。やりがいのある仕事に携われるのは同業者として羨《うらや》ましい。

車を降りて周囲の景観を眺めていると、コーイチが訊いた。

「春菜さん、どうっす？　なんか感じますか」

春菜は曖昧に小首を傾げた。

「すごくきれいなところだなあって……あとは」

無意識のまま痣に手を置いてしまう。なんだろう。懐《なつ》かしいような腹立たしいような、切ないような気持ちがする。心がそう思うのか、痣のせいかはわからない。

「……感じるような気もするけれど、うまく表現できないわ」

「さっきネットで調べたら、ここを復元するとき学術研究の一環として周辺の山内に残っていた老齢のたたら師たちが力を合わせて、最後の鉄を吹いたんすって。たたらの歴史は、まさにこの場所で閉じたんっすよ」

コーイチがそう言ったとき、目眩《めまい》を起こしたかのように仙龍が自分の額に手を置いた。

「どうかした？」

と、春菜が訊く。

「いや……」

仙龍は目を上げて施設の裏にそびえる山を見た。

道路脇に自然石を積み上げた石垣があり、その上はもう山で、斜面に梅が植えられている。山は集落から発して、別々の尾根へ綿々とつながっているようだ。石垣から清水が湧いて、日当たりのよいところで名も知らぬ紫の花が咲いていた。

「ここの景色を知ってる気がする」

仙龍は言った。

「社長は前にも来たことあるんっすか？」

「そうじゃなく、夢に見る景色とよく似ているんだ……あの」

と、仙龍は奥の山を指さした。

「山の中腹と、そっちの」

また別の山を指す。

「林のあたりから、炭を焼く青い煙が上っている。俺の後ろには大きな木が、空を覆うほど枝を広げているんだが」

周囲を見渡してから、「……木はないな」と笑う。

「やはり夢か……」

そして歩き出したので、春菜とコーイチも仙龍について博物館の入口へ向かった。

「正面はただの民家に見えたけど、敷地は奥へ広いのね」

民家の裏に巨大な平屋が立っていて、道は壁に沿って続いている。

「あれよね、間口税が課された当時の建物は、通りに面した部分が狭くて、奥へ広がっているのよね。そういう施設は搬入物で苦労するけど、ここは裏が道路でやりやすかったと思うわ。正面の民家は元からあったものを利用しているのかしら」

「春菜さんも職業病を患ってますね。博物館に来てまっ先にそういうところを気にする人って、あまりいないんじゃないっすか」

施設と道路を隔てる立派な平屋がコーイチの言っていた高殿だろう。屋根の上にさらに屋根を重ねた意匠が独特で、窓はなく、閉め切りの大きな木戸が二ヵ所ある。黄土色の壁も、板葺《いたぶ》きの屋根も、まだ新しい。

「檜皮《ひわだ》とかじゃなく、薄い板で屋根を葺いているのね。もしかして栗《くり》かしら。明治期くらいのお金持ちの農家は栗材を使っていることが多いけど、今は材料の入手が困難で、復元に苦労するのよね。よくもこんなに集めたものだわ。周囲の森に多いのかしら。それとも輸入材かしら」

「栗材は強くて長持ちしますもんね。腐りにくいし、虫もつかないし、あ、あと、乾燥させにくいから火を使う建物には重宝だったんじゃないっすかね」

「さっそく金額を弾いているのか、重症だな」

仙龍が言う。

「すぐに金額を弾きたくなるのはお互い様でしょ。いいなあ……今はなかなかこういう仕事が出ないのよねえ。私も井之上部局長みたいに大きな仕事をやってみたいわ」

「長坂先生の仕事はどうっす？　今朝、井之上さんと話していたじゃないっすか」

春菜は小さく肩を竦めた。

「現場を見ないとわからないけど、邸宅を保存展示するだけならあまり美味《おい》しい仕事じゃないわ。数千万から億のお金が動いても、頭をとれなかったら展示なんて一部だし、パグ男がらみの案件は役所向けに実績を作るだけのことが多いから」

「保存展示なんか無意味だと思うのか」

「そんなことないけど、パグ男はいつも足下を見るみたいに使命感を説いてくるから、いい気持ちがしないのよ。言われなくても私たち、矜持をもって仕事をしてるわ。予算は苦しいけど後世のために痛み分けしてほしいっていうなら納得もするけど、下請けだけが泣かされるのは腹が立つ……なーんて」

歩きながら背伸びして、春菜はニコリと白い歯を見せた。せっかく仙龍といるのだから、パグ男のことなんか忘れたい。思い出すだけで腹が立つから。

坂道脇の石段を数段上がった先に前庭があり、そこが博物館の玄関だ。民家そのものの佇まいなので、サインがなければ誰かの自宅を訪ねる気分になるだろう。仙龍とコーイチについて石段を上ると、玄関脇に無骨で大きな岩が飾られていた。

「ごめんくださーい」

ガラリ戸を開けてコーイチが呼ばわる。ガラリ戸の先が窓口で、そこで入館チケットを買うようだ。仙龍が金を払っている間、春菜は玄関脇の岩を見ていた。

いったいなんの岩だろう。ある部分は茶色く、ある部分は黒く、全体的に汚い斑《まだら》はオオサンショウウオが岩に化けたようにも見える。どこから掘り出されてきたものか、表面はゴツゴツと穴が空き、岩場に連結していたときの様子が想像できない。

「あれ？」

と、春菜は目をしばたたいた。岡山へ来る途中で見た夢が、突然フラッシュバックしてきたのだ。悪夢の最後に現れたおぞましいモノ。鬼押出しの溶岩にそっくりだと思ったあれが、まさにいま足下にある。そうだ、溶岩よりも数倍似ている。穴だらけで、醜《みにく》くて、ゴツゴツとした怪物は、この岩に命が宿ったかのようだった。

「それはカナクソですよ」

佇む春菜に、ガラリ戸の奥から出てきた人がそう言った。紺色の作業着姿で、博物館の職員らしい。

「カナクソって何ですか？」

「ノロと呼ぶほうが一般的でしょうか。たたらで鉄を吹くときに、製錬の途中で炉から流し出してしまうスラグです。不純物が多くて使い物にならない鉄滓ですが、このあたりにはたくさん捨てられているので、気にして探してみてください。さあ。中へどうぞ」

ガラリ戸を開けて誘《いざな》っている。薄暗い内部に仙龍たちがいて、春菜が来るのを待っていた。職員は簡易パンフレットとチケットを春菜に渡して微笑んだ。

「実際にたたらを吹いたときの記録映像もありますよ。二階で上映しますので、よければ観ていってください。一瞬ですけどノロが流れ出すシーンもあります」

「ありがとうございます」

と言った自分の声が、頭の後ろで聞こえた気がする。

春菜の意識は肉体を離れ、悪夢の記憶に潜行していた。間違いない。夢に見たおぞましいモノはあれだったんだ。カナクソ、ノロ、鉄滓。呼び方はなんであれ、私はあれを夢に見た。導師の鎖の先にいて、奈落の底から気炎を吐いていたのはあれだ。たたらが生み出す鉄滓だ。指先から首筋まで、全身に鳥肌が立っていた。

どうしてあれが曳家の導師に？ どうして鎖の先にいたのか。

「大丈夫か？」

眉根を寄せて仙龍が訊く。春菜は無言で頭を振った。

コーイチはすでに博物館の導入部分に飾られた古い道具やパネルを観ている。

「大丈夫。なんでもないわ」

とりあえずそう答えると、仙龍は、万事掌握したという顔をした。

隠温羅流は怪異の現場で怪異の話をするのを嫌う。春菜の様子から仙龍は、彼女が何かに気付いたことを悟ったのだ。

館内を進んでいくと、玄関に置かれたノロに限らず、たたら製鉄が生み出す様々な状態の鉄が展示されていた。使い道のないノロのほか、固くて脆《もろ》いズクや玉鋼を含む鉧《けら》など、色や質感の違いはあるが、どれも表面がゴツゴツとして、夢に出てきたモノの肌を思わせる。春菜は密《ひそ》かに興奮したが、一方、謎は深まっていくばかりに思えた。

たたらが生み出す鉄の原料が隠温羅流導師に絡みつくモノに似ているのはなぜだろう。

博物館の二階に映像コーナーがあり、職員が案内してくれた記録映画が流されていた。コーイチが最前列に陣取ったので、春菜と仙龍もその両脇に腰を下ろした。

菅谷高殿の復元にあたり、鉄を作る技術を伝承してきた者たちが協力して炉を造るところから、最後の鉄を吹き終えるまでの記録を収録した映像だ。途絶えていたたたら製鉄を再現したのは、当時すでに高齢になっていたたたら師たちで、各山内の壁を越えて集められたのだという。

白黒のビデオ映像には、昭和十年代に終止符を打ち、もはや『言葉の知識』でしかなかった『たたら製鉄』の実際が録画されていた。たたら師は『よい鉄が涌きますように』と金屋子神に祈念して、神の顰蹙《ひんしゅく》を買わないように徹底して穢れを遠ざけ、神事にも似た所作で鉄を吹く。

炉の製造工程から鉄の産出まで、高度な技術すべてが口伝と経験のみに支えられていたことには驚かされたが、同時に湧いた疑問は、それほどまでに畏《おそ》れ敬《うやま》わなければならない金屋子とは如何《いか》なる神かというものだった。ビデオ映像が進んで行くなか、春菜はナレーションの一部に戦慄《せんりつ》を覚えた。村下が鉄を吹くシーンである。

――村下の妻は、夫が鉄を吹いている間は髪も結わず化粧もしなかった。ただ金屋子様へ日参し、鉄が涌くよう祈り続けた。金屋子は女神で、髪を藁《わら》で結んでいたような器量の悪い神で、妻はその妬《ねた》みを避ける配慮を扮装《ふんそう》にこらしたと伝える――

両膝の上に置いた手を、春菜はギュッと拳に握った。

金屋子は女神で、髪を藁で結んでいたような器量の悪い神で……。

夢に出てきた怪物は、赤く、黒く、溶岩のように見え、穴だらけでゴツゴツとして、その奥に目があった。それが冥界《めいかい》から瘴気の鎖を吹き上げていた。

……そうだったのね。と、唇だけで春菜は呟く。

たたら衆が唄ったという『たたら唄』の一説が春菜の脳裏を巡っていた。

けさの仕掛けの用意さみれば　小鉄千駄に炭万駄

けさのこもりの湯釜のうちを塩と御幣で清めておいて　種をつけますお火種を……

歌詞に漠然と感じた卑猥《ひわい》さのわけが、稲妻のごとく腑《ふ》に落ちる。

湯釜を女性器に見立てて種つけをする、これはたたら師と神の婚姻を唄ったものだ。

村下は夫、女神は妻、夫婦が産み出す赤子が鉧だ。

金屋子神は、だから村下の妻に嫉妬した。

隠温羅流導師に絡みつくものの正体を春菜は悟った。

あれは金屋子神だったのだ。

またも全身に鳥肌が立ち、背骨の芯《しん》を凄まじい衝撃が貫いて、そこから後はもう、映像の内容が一切頭に入ってこなかった。スクリーンの前に掛けたまま、春菜の思考は彼方へ飛んだ。

江戸後期、上田秋成《うえだあきなり》は吉備津神社の鳴釜神事に着想を得て、雨月物語《うげつものがたり》に『吉備津の釜』という怪談を書いた。不実な男に祟る死霊の名は磯良《いそら》。阿曇磯良《あづみのいそら》や磯武良《いそたけら》とも呼ばれる海の神がモデルだという。正体は大鰐《おおわに》で、全身に牡蠣《かき》やアワビや藻が付着した禍々しい姿で、それを恥じて人前に姿を現すことを嫌った。

いま、春菜には阿曇磯良の醜さが金屋子の容姿に重なった。

女神の形容はビーナスを連想させるが、日本の女神はそうともいえない。和魂と荒魂を内包し、外観もそれぞれの産土に似る。鉄を吹く男たちの信仰を一身に集める金屋子は、賜を与える以外、男たちが自分に価値を見出《みいだ》さないことを知っていたのだ。嫉妬が生み出す怨毒は凄まじい。人ですら鬼と化すほどの怨毒を、もしも、神が放ったならば、その呪いは一族郎党に及ぶと言えないだろうか。隠温羅流の先祖がたたら製鉄に関係していて、その者が女神の寵愛を受け、翻《ひるがえ》って誹《そし》りを受けたなら……？

気がつくと、仙龍もコーイチも立ち上がっていた。上映が終わり、スクリーンに字幕が流れている。春菜は夢から覚めたと思った。

「春菜さん、大丈夫っすか？　ちょっと疲れちゃったっすかね」

コーイチが訊く。

「なんでもない。ボーッとしただけ」

得たばかりの直感を報告したかったけど、この場を去るまでそれは言えない。春菜は立ち上がって順路に戻った。

裏の道から建物を見ただけだった高殿は、内部へ入るとより一層修復時の苦労を偲《しの》ばせる造りになっていた。二段構えの特殊な屋根は火災を避ける工夫であり、土間の中心に炉をかまえた作業場は神聖な祈りを感じさせるものだった。土で造られた炉は生け贄の祭壇のように見え、室内を俯瞰できる位置に金屋子神が祀られていた。

この神は高殿以外にも炭置き場や真砂の保管庫などありとあらゆる場所にいて、春菜は現代の防犯カメラのようだと思った。神はどこからでもたたら衆を監視できた。彼らはそれほどまでにこの神を敬い、畏れたのだ。

博物館内部を一巡してから、三人はそそくさと車へ戻った。

長距離を移動する旅は目的地へ着くまでに多くの時間を浪費する。コーイチがカーナビをセットする間に、春菜はようやく口を開いた。

「導師の夢を見たって話、覚えてる?」

「覚えてるっすよー」

入力しながらコーイチが言い、仙龍は助手席から振り向いた。

「夢の最後に化け物を見たと言ったでしょ?」

「鬼押出し園の溶岩だったな」

訊かれて春菜は頷いた。

「溶岩じゃなかった。鉧だったのよ」

「なに」

と、仙龍の眉間に皺が寄る。コーイチもギョッとしたように振り返る。

「なぜそう思うんだ」

「実物を見たからよ。突然理解した感じなの」

春菜は運転席と助手席の間に身を乗り出して、内緒話のように声を潜めた。

（金屋子よ、あれは金屋子神だった。夢で見たのは神の姿よ）

　コーイチはポカンと口を開け、表情もなく頷いている。

「金屋子はたたらの神だぞ。それがどうして導師に憑《つ》くんだ」

「わからないけど、棟梁も、隠温羅流の祖先はたたらと関係あるんじゃないかと言っていたでしょ？　たたら師は金屋子に絶対的な信仰を置いていたわけだから、何かでその顰蹙を買って、たたらから手を引いたと考えられないかしら」

「あー……あるかもっすね」

　と、コーイチが言う。

「なんか怖そうな神様っしたもん。怒らせたら許してくれなそうでしたよね」

「玄関で鉄滓を見たとき、息が止まるほど驚いたのよ。悪夢が外に出てきたみたい」

「だからすぐに入ってこなかったんっすね」

「記録映像でも、その神は嫉妬深いと言っていたでしょ、吉備津の釜の磯良みたいに」

　仙龍はコーイチと視線を交わした。三人は少し前、『吉備津の釜』を地でいくような怪異と遭遇したばかりだったのだ。祓うべきは尊厳をズタズタにされた女の怨毒と執念で、彼女が鬼に変ずる前に、魂をあの世へ送った。

「温羅がたたらの民だったという仮説は正しいと思う。鉄を制する者が国を制した事情も理解できたわ。製鉄は富と力を生み出す錬金術よ。朝廷が欲し、同時に平定しなければならない脅威でもあった」

「んでも、曳家とは、どうつながるんっすか？」

「ここから先は主観だけれど、たたら製鉄って神事に似ているわよね。土、水、風、火って、世界を創《つく》る四大元素じゃない？　それを用いて鉄を産み出す作業は金屋子と村下の婚姻で、神と人が交わって産まれたのが鉄よ」

「たしかにそれは俺も思った」

仙龍は前を向き、肘掛《ひじか》けに腕を載せてこめかみに手を置いた。

「村下は信仰を実質の富に変える神職か……祟りと霊験、呪いと祝福、陰と陽……鋭敏な感覚を持たずに全《まっと》うできない職であるのは確かだな」

「それってサニワのことっすかね？　村下はサニワを持っていたんすかね」

「もしも、もしもよ？　隠温羅流の創始者が金屋子神の顰蹙を買い、たたら師でいられなくなったとして、その後建築に関わる仕事に就いて、培った感覚を応用したとは考えられないかしら。隠温羅流に伝わる因縁祓いは、たたら師が持つ鋭敏な感覚を引き継いだものだったのかも」

コーイチは滑稽な仕草《しぐさ》で二の腕をさすった。

「ヤベぇ。トリハダの三回目っすよ」

「先祖がたたら集団だという棟梁の仮説に信憑《しんぴょう》性が出てきたな」

仙龍が言う。

春菜もそれを強く感じた。吉備津神社の根巻きに鉄が使われていると知ったときから。温羅の首が御釜殿ではなく本殿の下に眠っているのではないかと推測したときから。なによりも、ノロに金屋子神の姿を想起した瞬間から。

「隠温羅流の祖先が吉備津神社の再建に携わっていたと思うのは早計かしら。流派の名前に温羅の文字を用いたのも、ここにルーツがあるからよね？　隠温羅流の名にはメッセージというか、『呪』が込められていたわけだから」

「そうっすよ」

と、コーイチは興奮して尻を持ち上げた。

「ご先祖は最初から、因縁の解き方を流派の名前に込めていたんすよ。怨む相手に知られないよう。これってすごくないっすか」

「シーッ」

仙龍が唇を鳴らした。

「先走るな。ここはたたら山内だ」

「そうっした」

コーイチは怖々と高殿の屋根に目をやった。太った雀《すずめ》が栗材を葺いた屋根でさえずっている。春菜は痣がじんわりとあたたかくなっていくのを感じた。

「オオヤビコ……」

と、口の中で呟く。では、隠温羅流の名が示す鬼（温羅）とはなんだろう。吉備冠者だった温羅でないはずだ。なぜなら彼は吉備津神社で、すでに神の域まで昇華したから。

「オオヤビコは家宅六柱のうちの一柱なのに、どうして鬼になったのかしら」

「生きてたときに導師だったから、屋根の神を名乗ってるってことっすかね」

「一番肝心なことを忘れているぞ」

と、仙龍が言った。

「たたら師から曳家に転身していく過程がまだ埋まらない。なんであれ、推測だけで溝を埋めるのは拙《まず》いと思う」

「そうね。ご先祖がたたら師だったとして、それがどうしてオオヤビコにつながるのか。その謎を解かないと」

ツキンと痣が笑った気がする。

「ここまでの話を整理してみるか」

と、仙龍が言う。

暖かな日射《ひざ》しが降り注ぐ道に人影はなく、屋根にいた雀が道路に下りてきて遊んでいる。山際の畑に梅が咲き、紫色の花がそよ風に揺れ、黄色い蝶《ちょう》が舞っていた。

「隠温羅流の祖先はたたら衆。ここまではいいな？」

「いいわ」「異存ないっす」

春菜とコーイチは口々に答えた。

「その者は金屋子神の鞴鹽を買って追放されたか、自らたたらの集団を離れた」

「異存ないわ。その人がいると鉄が涌かなかったはずだから」

「問題はどんな鞴鹽を買ったかっすよね」

「嫉妬じゃない？　たたら衆は金屋子に従順で、自分から則を犯さないもの」

「従順でも嫉妬されるのか。堪《たま》らないな」

と、仙龍が言う。

「奥さんがメッチャ美人だったとかじゃないっすか」

「その場合、本人よりも奥さんに祟りそうなものじゃない？」

「たしかにな……村下と妻の間に子供が産まれたからか」

「や、社長。それはおかしいっす。子供がいないと技を相伝できないじゃないすか。山内に生まれた男子はガキの頃からたたらの技術を教えられて育つんっすよね」

「そうよね……じゃあ何かしら……神を怒らせるほどのことって」

「神聖なたたら場を穢した、とかっすかねえ」

「それか、神そのものに背いたか……だが、鉄で喰っている者がそれをするかな」

三人は黙ってしまった。

車の前を蝶が飛ぶ。黄色い蝶がこんなに似合う場所もないと春菜は思った。

「んじゃあ、とりあえず、女神様に会ってみるのはどうっすか」

「そうよね。金屋子が何者か、そこが重要なんだと思うわ」

「金屋子神社は何回も火災に遭って古文書が焼失、その来歴は謎に包まれているんすよ。小林センセなら少しは詳しいかもだけど、ここにいなくて残念っすねぇ」

金屋子神社はここから一時間弱の距離である。コーイチが車を発進した直後、仙龍のスマホが鳴った。

「噂《うわさ》をすれば小林教授だ」

全員で会話できるよう、仙龍は助手席と運転席の間にスマホを置いた。

「守屋です」

――あ、仙龍さんですか？　民俗資料館の小林ですが――

いつもながらの、のんびりとした声である。信濃歴史民俗資料館の学芸員をしている小林寿夫《ひさお》は鐘鋳建設と懇意の民俗学者だ。好奇心旺盛《おうせい》で、どこへでも出かけて行って知識を得てくる。その博識が仙龍チームの頭脳を担っている。

――どうですか、吉備津神社は？　何か収穫がありましたかねぇ――

「ありました。これからたたら製鉄の歴史を追って、島根方面へ向かうところです」

――おお、そうですか。それなら、たたらの技術を日本に伝えた金屋子神を祀る神社の本社があるのですけれど、そこまで行ってみる気はありますか？――

仙龍はバックミラー越しに春菜を見た。

「会話はスピーカーにしています。コーイチも彼女もここにいるので」

――そうですか、そうですか――

「コーイチっす。ちょうど萱谷山内を出て、金屋子神社へ向かうとこっす」

――おや。そうだったのですか。コーイチくんもお疲れさまです。でも、好きな分野の調査は楽しいでしょう――

「楽しすぎて今日は三回もトリハダが立ったっす」

――春菜ちゃんもそこに？――

「高沢です。小林教授、上田市の件では井之上がお世話になっております」

春菜はスマホに頭を下げた。

――いえいえ。長坂先生からアーキテクツさんへ電話が行ったそうですね。坂崎《さかざき》製糸場に残されていた邸宅が上田市に寄贈されるそうでして、私たちもチームを作って調査に入ることになったのですがね、なんといいますか、内部がまだ、お住まいになっておられた当時のままになっていまして、いろいろと片付けてからでないと、あれがなくなったこれがないということになってもいけませんので、お役所の方が所有者さんとお話ししまして、品物のリストを作って、ですね――

それがどれだけ面倒な作業かよくわかる。長坂がステーキを奢りたくなるくらい大変なのだ。

「それで事情が飲み込めました。保存の前段階がたいへんだったんですね」

――そうなのですよ。でもまあ長坂先生のことなので、上手にお役所を動かしまして、間もなく調査に入れるそうですが……あ、そうそう、実はですね。仙龍さんにお電話したのは、金屋子神について面白い情報を仕入れたからなのですよ――

仙龍は春菜に視線を送った。隠温羅流の調査ではこういうことがよく起きる。怪異の因を解明しようともがいていると、まるで早く因縁を祓ってほしいというかのように、あちらからヒントが寄ってくるのだ。

――先日、東京で民俗学者の集まりがありまして。そうしましたら偶然にも島根大学法文学部の偉い先生とお知り合いになりましてねえ。その先生が金屋子神の来歴にたいへん詳しい方でして……――

車は吉田町を後に幹線道路へと向かう。葦に覆われた川の畔《ほとり》に飛来する白鷺の姿がちらりと見えた。

――コーイチくんなんかはご存じかもしれませんがね？　金屋子神は白鷺に乗って出雲能義郡《のぎごおり》黒田之奥比田にあったといわれる桂の森に降り立ちまして、「我は金屋子の神なり」と名乗りを上げて、自らたたらを操業したと言われています。

どうですか？　神様自らたたらをやっていたなんて聞きますと、渡来人だった可能性を示唆して興味深いことですね。

さて。先生のお話によりますと、在地の狩人《かりゅうど》だった安部《あべ》氏がこれを見出し、のちに金屋子神社を創始したわけですが、この言い伝えは天明四年（一七八四）の『鉄山秘書』に『金屋子神祭文』として収められた文献が元になっておりまして、実はですね、この文献が発見される明治頃まで、金屋子神の来歴はまったくの謎に包まれていたのです。金屋子神社の創建は十七世紀後半頃で、ほんとうに謎ばかりの神様だったわけですが――

車は軽快に道を進んで、山々が後方へと去って行く。

小林教授は話に熱が入ると止まらないので、誰も合いの手を入れない。

先ほどの博物館で知ったのは、たたら製鉄は明治初期に急速に衰えたということだ。たたらが産み出す玉鋼は刀剣を打つのに欠かせない材料だが、明治期には日本刀を差す者が消えて、神の息なる玉鋼の需要が極端に減り、海外から普及した工場製鉄に置き換わっていったのだ。

「ところがですね」と、教授が言う。

――二〇〇八年に吉田町で始まった田部家の古文書調査で、寛文五年（一六六五）の『金屋子神略歴』という古文書が発見されるわけなのですよ。さらに西比田金屋子神社に伝わるといわれた縁起書の写本までもが発見されまして、金屋子神の来歴がにわかに判明しはじめたというのです――

春菜は二の腕がザワリとした。たたら製鉄の衰退と引き換えに金屋子神の謎が明かされはじめ、たたらの火が完全に消えた頃、さらなる記録がみつかったとは。

「偶然かしら……たたらが終わって女神の来歴が明らかになる」

「流れだろう」

と、仙龍も言った。

「そういうことは往々にしてある。信仰がある限り神は神であらねばならないが、役目を終えれば一部の者には正体を明かす。もっと大きな何かを伝えるために」

それはどういう意味だろう。信仰の火が消えてようやく神は神の座を降り、人だった頃の記憶を民衆に晒すというのだろうか。鬼と恐れられていた温羅が、ある者には血肉を持った人間の顔を見せるのと同じく。

「仙龍さん、仙龍さん。聞いていますか？」

と、教授が電話の向こうで呼んだ。話の核心はまだここからのようである。

――それによって判明した事実には、ですね。さしものぼくも驚きましたが、なんといいますか、これはすごいことなのですよ――

一人称が『ぼく』になる。小林教授は本気で興奮しているようだ。

――よろしいですか？――

咳払《せきばら》いまでするので、代表で仙龍が「お願いします」と言った。

口の前にスマホをかざして、講義するように歩く姿が目に見えるようだ。

――金屋子はイザナミの嘔吐《おうと》物から産まれた神なのですが――

「マジすか」

と、コーイチが呟いた。おぞましい容姿もだが、生まれもあまりに不憫《ふびん》な気がする。

――この神は先ず奥州に降臨して金を掘り、次いで吉備中山でたたらを創始し――

「あっ」

と、春菜は小さく叫んだ。

「吉備中山が出てきたわ。吉備津神社とつながった」

――そうなのですよ。温羅とたたらを結ぶエピソードのひとつですねえ。で、そののち能義郡黒田の桂の森に現れて、安部氏に製鉄技術を伝授するのです。ところがその後――

「ここが面白いのですけれどねえ」

と、教授は言った。

――金山姫、つまり金屋子神はどこかへ飛び去ってしまうのですよ。それが十七世紀の後半でした――

助手席で仙龍の頭が動く。彼は教授にこう訊いた。

「ならば神社にいるのはなんです?」

――さあ、なんでしょう、面白いですねえ。仙龍さんはどうですか？　神であれ、鬼であれ、それを創《つく》り出《だ》すのは人間なのだと、私や和尚や棟梁のシルバー世代は思っているのですけれど――

仙龍の答えを待つこともなく、小林教授は先を続けた。

――答えは田部家所蔵の『金屋子神略記』に書かれていました。金山姫が飛び去ったあと、安部氏の息子が父の亡骸をたたら場に埋めて塚《つか》を築き、これを金屋子神として尊崇《そんすう》し、金屋子神社になったらしいです――

「えっ？　んじゃ、なんっすか、金屋子神社のご神体は創業者一族の遺体なんすか」

コーイチは言い、

「吉備津神社とそっくりね」

春菜も嚙みしめるように呟いた。

――神社に鎮まっているのが架空の存在ではないことに、私なんかは興奮しましたねえ。この神社の宮司が代々周辺のたたら山内をまとめていたということも、理由を知れば頷けるというわけです――

それは、たたら製鉄が神事に近しいという春菜の直感を裏付けるものでもあった。仙龍はスマホを手に取ると、教授と言葉を交わして通話を切った。

「うひゃあ、ビックリ仰天っすね」

と、コーイチが片手ハンドルで頭を掻く。

「何がビックリって、そうじゃないかと思ったことがホントにそうだったってとこっすよ。こっちの神社は霊廟対応なんすかねぇ」

自らたたらを創始したというのなら、人間だった頃の金屋子は技術者もしくは技術の伝達者だったのだろう。けれども神はどこかへ去って、信仰の礎を必要とした安部氏が父の遺体を神とした。

「待って」

と、春菜は声をあげた。

「まって、まって……つながる気がする」

春菜は両手で頭を抱《かか》え、頭の中を整理した。

「小林教授はいま、金屋子神社が十七世紀後半の創立と言ってたわよね」

「言ってたっす」

「吉備津神社の再建が十四世紀で、金屋子神が飛び去ったのは十七世紀後半。時代的な齟《そ》齬《ご》はないのね」

「そこまで疎《うと》いか」

と、仙龍が笑う。

「仕事の数字はすぐ弾くのに、年号は頭に入らないって面白いっすね」

コーイチも苦笑している。

「ほっといて。過去に興味がなかっただけよ。でも、変じゃない？　金屋子神はどうして急にいなくなったの？　隠温羅流を追いかけて去ったなんてことがあるかしら」

「いや、まさか」

と、コーイチは首を竦めた。

「いくらなんでもこじつけすぎっしょ」

「そうかしら……そうかもね」

春菜はシートの背もたれに体を預けた。

「神は神か、人なのか。概念の構築が難しすぎるのよ。飛び去ったなんて聞くと鳥みたいだし、そもそも神様が飛び去るのを誰が見たって言うの？」

「突然鉄が涌かなくなったのを、『金屋子神が飛び去った』せいだと解釈したのだろう」

仙龍が言う。

「あー、そんなら話は通るっすよね」

なるほど、と春菜も思った。

「おそらくそれがたたら製鉄衰退の始まりだ。たたらの歴史が幕を閉じると示唆されたときなのだと思う。秘匿されていた文献が現れたのも、流れを裏付けるひとつだろう。それを感じた者がいたのか、感じたが信じようとはしなかったのか、わからんが」

「それなら仙龍」

春菜は仙龍のシートに手をかけた。

「たたら製鉄の火が完全に消えた今、金屋子の怨毒も消えて、因縁が浄化の時を迎えているとは言えないかしら」

「たしかにそっすね！　そろそろ浄化してくれと因縁が思っても不思議じゃないっす」

「前向きなのはいいが、なんでもいいほうへ考えすぎていないか」

「そんなことないわ。十七世紀後半は江戸時代でしょ」

「あっ！　オレも気がついちゃったっすよ。春菜さん、鬼押出し園の溶岩のことを話してましたけど、天明の飢饉《ききん》を起こした浅間山の大噴火は一七八三年じゃないっすか。奥出雲を出た金屋子神が一世紀後に浅間山を噴火させたとか……ないっすよね」

コーイチはヘラリと笑うが、春菜は思わず顔をしかめた。ゾクリとしたからだった。

「なんちゃって、それは穿った見方っすけど」

「祟りや呪いはそういうこじつけが生む側面もあるからな」

仙龍が静かに言った。

「奥出雲一帯で鉄が涌かなくなったなら、安部氏の息子が代わりの神を祀った理屈も頷ける」

「一大事っすもんね」

「素朴な疑問なんだけど、神様って代わりがきくの？」

仙龍は振り向いた。

「シルバー世代が言ってたろ。鬼も神も創始するのは人なんだ」

「その感覚、俺はわかるっす。因縁祓いもそういうところがあるじゃないすか。井戸を埋めるのに梅の枝を供えるとか、ダジャレかって思うことでも実際に効果はあるわけで。金屋子神社だって、製鉄業に関わる企業が今もこぞって参拝してますもんね」

「たしかにそうね」

「俺は見えてきた気がする」

と、仙龍は言ったが、しばらくはその先を話そうとしなかった。

車は市街地を走っている。天気がよく、早咲きの桜も咲いている。車内の静けさが重さに変わろうかというときになって、仙龍は話しはじめた。

「隠温羅流は来歴を恥じて陰の流派となり、贖罪《しょくざい》のために因縁祓いを生業《なりわい》としてきたのだろう。導師が厄年に死ぬことを含め」

「鬼を隠して神になる。言い得て妙な流派の名前というわけね」

「つか、何をやらかして神様に嫌われたんすかね」

「どうしたらそれがわかるのかしら？」

答えを期待したわけではなかったが、仙龍もコーイチもなにも言わない。

「……がんばるしかないわけね」

春菜は自分で答えを出した。

「でも、春菜さんの言うとおり、流れは浄化に向かってるんだと思うっす。春菜さんが社長の前に現れたのがその証拠」

「そうだな」

仙龍はあっさり肯定した。意外だったが嬉しくもあって頬が緩んだ。

「呪いや祟りには有効期限があるんで、だからたぶん、今がそのときなんっすよ」

コーイチは得々としてハンドルを操作している。

「素人が呪う場合は効力が短くて、せいぜい三ヵ月くらいだったっすかね？　祟りはもっと長くって、末代までとか言いますもんね」

「なんなのそれ、真面目な話？」

「マジっすよ、激マジす」

「いずれも成就で消滅するが、最も長く作用するのが人の『想い』だ」

「呪いでも祟りでもなく？」

「そうだ。想いは引き継がれるものだから」

理屈ではなくわかる気はした。仙龍は、一瞬春菜を振り返る。

「自分のことを考えてみろ。朝から晩まで誰かを呪い続けたとして、幾日くらいそうしていられる？」

　春菜は眉をひそめてじっくり考え、結論を出した。

「一日だってムリ。呪いたいほど嫌いな相手に貴重な時間を割《さ》くなんて、あり得ない」

　車内を一瞬沈黙が包み、コーイチがプッと吹き出して、仙龍は、声を上げて笑いはじめた。

「え、なに？　私なにか可笑《おか》しなこと言った？」

「いや。おまえに訊いたのが間違いだった――」

　仙龍は『くつくつ』と肩を揺らして笑っている。

　笑っているはずなのに、泣いているみたいだと春菜は思った。

「――たしかに。呪いたいほど嫌いな相手に貴重な時間を割くのは勿体《もったい》ないよな」

「普通はそうでしょ。違う？　コーイチ」

「や。春菜さんの言うとおりっす。てか、最強っすねー」

「なんなのよ」

　と、春菜は座席にふんぞり返った。仙龍は笑いすぎて涙を拭いている。

「だがまあ普通の人間でも、近くにいない相手を憎み続けるのは難しい。だから激しい憎しみを抱いた場合は相手から離れるのが一番だ。時々は憎しみがせり上がってきたとしても、忙しく立ち働くうちにその感情も洗われて、殺してやろうと思ったことなどいつか忘れる。一方、強力な念は発した瞬間、体を離れて飛んで行く。それが呪いで、一過性だが取り戻せない。末代まで祟ってやるというのは呪いというより怨毒だ。これも人から離れて何かに染み込み、あるいは溜《た》まって場を腐らせる。生き霊と意思疎通ができないのも同じ理由だ。あれは念であって、本人じゃないからな」

「一度飛ばしてしまったら回収できないから、呪いは解けないって言うのよね」

「隠温羅流も因縁は祓うが呪いは解かない。呪う相手を交換するのは本意ではないし、やれば穢れを被るからな。禁じ手として石やヒトガタなどの身代わりを使い、そこで呪いを成就させる方法もあるが、失敗すれば呪詛《じゅそ》の力を増幅させてしまう」

「理屈が通用しないから、因を探って発現の元を消していくんす」

「念には時間の感覚もない。ただその瞬間がシミのように貼《は》り付《つ》いている。浄化するにはその瞬間を解きほぐすしかなくて、だから因を探るんだ」

「消せないものは新しい縁に結び直すんっすよ。凹《へこ》んだ部分を埋め戻すみたいに」

「思念や想いは何百年も作用するもの？」

「信じる者がいる限り何百年でも作用する。桃太郎を知らない子供はいないだろ？　二十一世紀の今になっても」

仙龍が答えると、コーイチはちょいと顔を上げ、

「春菜さんが考えてるのは導師の寿命のことっすか？　あれは呪いか、それとも祟りなん

すかねえ」

と訊いた。答えたのは仙龍だ。

「どちらでもない。宿命だよ」

「やめてよ、宿命は変えられないのよ」

「つか、正確に言うと宿命は、『前世から決まっている運命』のことっすね」

「それずるい。前世で運命を決められちゃったら反論もできないじゃない。なんで勝手に人の運命を決めるのよ、どこの何奴《どいつ》が」

怒りにまかせて言ったとき、春菜は思った。

そうよ、どこの何奴が導師の運命を決めたのよ。

「……決めた人がいるってことよね……」

それが金屋子神か。それとも別の誰かだろうか。

まさか、オオヤビコ？

オオヤビコは導師に絡みつく鎖に似た鬼だ。鬼なのに『救ってくれ』と名前を告げた。

——字はゲンチョウ　幼名はトク　ケンメイを名乗り　号は飛龍——

鬼はなぜ『飛龍』の号を持っていたのか。

金屋子神の不興を買って山内を追われた誰かは死んでも成仏を許されず、鬼の姿になったのだろうと春菜は思った。では、オオヤビコがその者か。

すっかり春めいた日射しに上着を脱いで歩く人、春休み中の子供たち、芽吹きの色をした街路樹や、霞《かす》んで一色になった空。それらに目を向けつつも、春菜はなにも見ていなかった。吉備中山が発した光の柱や、吉備津神社の双翼の屋根、本殿の根巻き、ゴツゴツとして醜いノロの肌目、そうしたものが次々に脳裏を駆け巡っている。

「神の怒りを買うのはよほどのことだ。想像もつかないが」

同じことを考えていたらしく、仙龍が呟いた。

「社長のご先祖だったら華のあるタイプと思うんす。それこそ金屋子姫が惚れちゃうような。だからやっぱり嫉妬じゃないすか?」

「俺はそんな単純な話じゃないと思うが」

「ねえ……」

と、春菜は二人に言った。

「因縁は金屋子とご先祖の間に起きたとして、オオヤビコの役割はなんだと思う?」

「んー……オオヤビコは鬼なんすよね」

「棟梁も、隠温羅流の先祖は鬼かもしれないと話していたな。温羅のことかと思っていたが、違うのか?」

と、仙龍が訊く。春菜は考え込んでいた。

「私もうまく説明できないんだけど……」

「怨毒を発しているのは金屋子神だって、春菜さん言ってましたよね？」

「それは間違いないと思うの」

「ですよね。で、そうなってくると謎はオオヤビコっすよね」

「オオヤビコが人間だったときに金屋子の不興を買ったとかはどうかしら？　これはまだほんの閃きなんだけど」

「そんでそのあと金屋子神と一緒になって子孫に厄を負わせてるっていうんすか？　それはちょっと変じゃないかなあ」

「厄を負わせるつもりはなくて、救ってほしくて纏わり付いているのかも」

「うーん……」

コーイチは考え込んでしまい、返答をしなかった。

仙龍は両脚を開いて腕を組み、フロントガラスを見つめていたが、しばらくしてからこう言った。

「曳家の神が祟るのか、金屋子神に祟られて曳家の神にされたのか」

祟られて神になる。そんな発想は春菜にはなかった。

「金屋子神の怒りで家宅の神にされたってこと？　それがオオヤビコの正体なの？」

でもオオヤビコは神ではなく、鬼になりかかっている『ほぼ鬼』だ。

仙龍はなにも言わない。

当然だ。わかっていることなどひとつもないのだ。

道はいつしか市街地を外れ、再び山へと入っていく。この尾根も菅谷たたら山内へつながっているのだろうか。

金屋子神社の宮司は尾根伝いに周辺の山内へ出向いて仕事の差配をしたという。車一台分程度しかない細道は菅谷のそれとはまったく違って、行けども行けども家がない。道の両脇を枯れ草が覆って、地面に近い場所にだけ新しい草が芽吹いている。痩《や》せて細い木々の枝には蔓《つる》が絡まり、どこかでウグイスの鳴き声がした。

「ちょっと空気がまといつく感じね」

不穏な気配とまでは言い切れないが、妬みにも似た念を感じる。

そうか、だからこそ『鉄』なんだ。金屋子神の嫉妬深さは、鉄という金属の属性に似ている。誕生時には硬いが脆く、加工で粘《ねば》り強《づよ》くなり、鍛《きた》えれば魂の光を放つ。産まれたときは嘔吐物に似て、その中で鉧が育っていくが、鉧は玉鋼を内包し、たたら製鉄でなければ涌かないという。玉鋼なくして日本刀は打てず、刀剣は武士たちを魅了した。器量の悪い金屋子姫は村下と通じて玉鋼を産み、富と力を与えたが、たたら師が加護を必要としたように、神も信仰が必要だったとは言えないだろうか。神が一番恐れたものは、信仰を失うことかもしれない。

前方で道が分岐して、片方の先には『金屋子神話民俗館』という立派な建物が、もう片方は金屋子神社の駐車場へと続いていた。民俗館は残念ながら休館中で、春菜たちは神社の駐車場に車を止めた。

誰もいない。人の気配も、人がいた気配も、なにもない。駐車場脇に家があったが、玄関周りに草が生え、空き家のように思われた。

車を降りると、先に瀟洒《しょうしゃ》な池があり、水面に木々の映り込む様が女神を祀る神社に相応しかった。神社は池より上にあり、砂鉄色した参道脇に庭石よろしく多くのノロが並べてあった。その先の石段を上がって境内へ入る造りのようだ。三方から山が迫って日当たりが悪く、風が湿って、もの寂《さび》しい感じが漂っている。

「じゃあ、お参りに行く?」

全体を見渡して、春菜は仙龍たちを振り向いた。

そのときスーッと足下を、冷たい風が流れて行った。

「そっすね」

コーイチは軽快に答えたが、仙龍は助手席側に立ったまま、苦しげに顔を歪めている。

「仙龍?」

春菜は目を見開いた。

仙龍の下半身が黒い煙で覆われている。そのせいで動くこともできずにいるのだ。

「どうしたの、それ」

叫んで春菜が駆け寄ったので、コーイチは鳩《はと》が豆鉄砲を喰ったような顔をした。

「え。なんすか、どうしたんすか」

コーイチには見えないのだ。禍々しい黒煙は地下からもうもうと湧き出している。春菜には強いサニワがあるが、だからといってサニワは悪霊退散の霊力ではない。事象は見えても打つ手はないのだ。

「大丈夫だ」

と、仙龍が言う。

「感じるんだ。どうやら俺は神社に入れないらしい。誰かに『一昨日来《おととい》やがれ』と言われている気がする」

言葉どおりだろうと春菜も思った。湧き出る煙は仙龍を金縛りにしているだけで、体に攻撃を仕掛けていない。ドクン。ドクン。春菜自身の心臓も強く打つ。腕を伸ばして仙龍の手をつかんだとき、春菜は気付いた。痣に感じるオオヤビコの何かが、仙龍のそれとリンクしている。共に神社に拒否されて、参拝を許してもらえないのだ。

「え、どうしたらいいんすか……塩？　水？　生臭坊主《なまぐさぼうず》は山ん中だし、棟梁も長野だし」

あ、そうだ。とコーイチは言って、棟梁を呼び出そうとスマホを出した。

「コーイチ。大丈夫だから、年寄りに心配をかけるな」

仙龍はそう言うと、春菜に手を放させて頭上に挙げた。

「神社には近寄らない。俺たちはここで引き返す」

誰に向かってかそう言ったとき、黒い煙はほどけて消えて、仙龍は突き放されたようにたたらを踏んだ。

「……消えたわ。黒い煙が」

「ホントっすか、オレにはなにも見えなくて……んでもマジにビビったっすよ」

「接着剤で地面にくっつけられたかと思った」

仙龍は靴の裏側を確認している。春菜は神社を振り仰いだが、そこだけが周囲よりも一段暗く、不穏な空気を纏っていた。

「私たちの推理は正しいんだわ。隠温羅流のご先祖が金屋子神と敵対し、怨毒を被って障《さわ》りを纏った。まだ因が解けていないから、参拝を許してもらえない。吉備津神社は参拝できたから、温羅とは敵対していないのよ」

「張本人が飛龍ことオオヤビコだったのか」

「うわー、そうかー……ご先祖様はどうして鬼になったんっすかね」

「わからない」

「つか、金屋子姫は面食いだったわけじゃなく、村下が好きで叓家は嫌いだったとか」

コーイチは眉尻を下げてそう言った。

近寄るなと牽制《けんせい》された場所に無理矢理参って障りを被ってもいけないので、春菜もコーイチも金屋子神社には近寄らず、はるばる訪ねてきたというのに、すぐさまその場を後にした。昼食も取らずに各地を巡っているうちに時刻はいつの間にか午後四時を回った。いろいろなことがありすぎて、車内は会話が立ちゆかない。このまま松江方面へ抜け、適当なホテルを探す予定だ。

そういえば、井之上は長坂との打ち合わせを終えたろうかと春菜は考え、車中から井之上に電話した。休日とはいえ、仕事のフォローをしてもらったからには感謝を伝えて状況を把握しておく必要がある。

「もしもし。高沢ですが」

井之上が出たので耳にスマホを押し当てて、もう片方の手で口元を覆った。

――おう。今は大丈夫なのか？――

「大丈夫です。部局長はどうですか、今ならお話しできそうでしょうか」

訊きながら前を見る。運転手は仙龍で、助手席のコーイチがチラリと振り向く。

――ちょうどよかった――

と井之上は言い、

「井之上部局長に電話してるの」

春菜はコーイチに報告した。

「今日はすみませんでした。長坂先生との打ち合わせは終わりましたか」

――それだよ、高沢。おまえ、仙龍さんと一緒なんだって？――

深い意味はないとわかっているが、突然訊かれて赤くなる。

「そんなこと誰から訊いたんですか、いえ、二人だけじゃないですよ、コーイチくんも一緒です」

慌ててコーイチを『くん』付けにした。

――鐘鋳建設に電話して聞いたんだよ。棟梁の頼みでサニワを使いに行ってるんだって？　それがさ、こっちもたいへんなことになっててさ。長坂先生と打ち合わせしてたら、警察から電話がきて――

「なんですか警察って」

道路占用許可申請でも出し損ねたのかと思って訊くと、答えは意外なものだった。

――例の現場で死人が出たんだ。それで、仙龍さんに力を貸してもらおうと――

「仙龍は運転中で出られません。え、死人って……どういう……」

バックミラーの中で仙龍の視線が動く。

――ちょっとな……鐘鋳建設じゃないとダメかもしれない。今さら思うに、それもあって長坂所長は高沢を指名してきたのかもな――

やっぱり、と春菜は心で吐《は》き捨《す》てた。

「なにか怪しい建物ですか？　パグ男はそれを知ってたんですね」

――確信があったわけでもないと思うが、さすがにあの先生も、怪しいものには迂闊《うかつ》に手を出すべきではないと学んだらしい――

「どこが怪しかったんですか？」

――屋根神だよ。邸宅に祀られているらしいんだ――

と、井之上は言う。

「なんですか、屋根神って？」

――その手の話は鐘鋳建設さんのほうが詳しいんじゃないか――

「屋根神は屋根に祀られた神様のことで、別に怖いもんでもなんでもないっすよ」

「特定地域で昭和の中頃まで信仰されていたものだ」

コーイチと仙龍が交互に言った。

「なんの神様？　大屋毘古？」

春菜はスマホをスピーカーにした。

「や。大屋毘古とは関係ないっす。屋根というより地域の守り神すかね。春菜さんは見たことないすか？　愛知や岐阜に多いんですけど、一階部分の庇《ひさし》や屋根に小さい祠がのっかってるやつ。祭神は火除《ひよ》けの御利益《ごりやく》がある秋葉さんや、疫病《えきびょう》祓いの津島さん、あとは地元の熱田《あつた》神宮とかっすね。住宅が密集した都市部で怖いのは火事と流行病だっていうことで、屋根に神様を祀る風習があったらしいっす」

なるほど、禍々しいものではなさそうだ。

「コーイチの話では怖い神様じゃなさそうだけど、でも、迂闊に動かしたくないってことですか」

そうなら長坂も成長したものだが、あの男が守り神を恐れるはずがない。

「それか、あの長坂先生が連絡してきたわけだから、普通の屋根神とは違うんですか？」

──とにかく現場を見てほしいんだよな──

「それは仙龍に、ですか？」

──そうだ──

「人が死んだのもそのせいだとか言うんじゃないでしょうね」

──どっちかというと、人が死んだから心配になってきたというか……前にもあったろ？　長坂先生が封印を解いちゃったせいで職人が事故に──

「あー、糀坂町《こうじさかまち》の商家さんっすね」

コーイチは覚えていた。もちろん春菜も忘れることなんかできない。歴史ある建物に手をつけるときはお札一枚にも注意を払うべきなのに、長坂がそれをないがしろにしたせいで座敷牢《ざしきろう》の霊が外に出たことがあったのだ。春菜は運転席に向かって訊いた。

「井之上部局長が、上田の現場を見てほしいって」

「井之上さん。守屋です」

仙龍は頭を傾けて、春菜のスマホに言った。

——あ、どうも。井之上です——

「現場を見るのは急ぎでしょうか」

井之上はため息を吐いた。

——できるだけ早く見てほしいんです。それというのも、建物内に入らないことには積算もできない状態で、ですが早々に予算の一部を来期分で組みたいと市から急《せ》かされているもので——

「きちんとした見積《みつもり》を出さないと、あとでうちが泣きを見るのよ」

仕事の事情はわかっているから、春菜は井之上に味方した。

「ちなみにステーキ代は誰が出したんですか？」

長坂先生が払ってくれたと井之上から聞くと、春菜は言った。

「ほらね、相当な物件ってことよ」

——警察の電話を受けたとき、先生が妙な様子だったんで、俺もちょっと探ってみたんですよ。高沢は覚えているかな？　昔、親水公園の工事で鐘鋳建設さんにお世話になった人物が、今はコンサルをやっていて——

「覚えています。その縁で部局長が、私に鐘鋳建設を紹介してくれたんでしたよね」

――そうだったかな、まあいいや。その人に電話して、亡くなった人の話を訊いたら案の定。変死扱いで大騒ぎになっているんだと――

「単純事故じゃなかったんですか」

――亡くなったのは昨日らしいが、検視に時間がかかったりで、先生のところにもすぐに報告が来なかったんだ――

「守屋です。どういう死に方だったんですか？」

井之上はしばらく返事をしなかった。

――……や、悪いですね。飯食ったあとで想像するのはきつくって――

そして関係のない話から始めた。

――その邸宅は家具や調度品がまだそのままになっているんですよ。展示用に残すのと、持ち主に返すのと、全部整理してからでないと手をつけられないんですが――

「それって寄贈の前にやるべきことでは？」

――そうだが、事情があってな。持ち主が高齢で、長いこと施設にいるんだよ。本人は一切寄贈と言っているらしいが、もらったほうも整理せずに手はつけられないだろ？　長坂先生に任せるのもあれなんで、先ずは役所の人間が入ったんだが――

「亡くなったのは役所の人ですか？」

――担当課長だと聞いた。主任も一緒だったんだが、主任のほうは一階を見ていて、二階へ上がった課長が時間になっても下りてこないので捜しに行って見つけたらしい――

「心臓発作かなんかじゃないんすか」

と、コーイチが訊く。

――それならこんなに騒がないですよ。又聞きなので真偽はともかく……なんというか、死に方が……砂粒くらいの散弾を浴びせられたみたいだったと――

「なんすか」

コーイチの眉がギュッと寄る。

「どういう状況か、まったく想像がつかないわ」

――想像するようなもんじゃない――

「だって部局長。何がどうなったら屋内で、そんな状態で死ぬわけですか」

――咄嗟《とっさ》に主任は、肉食の虫に食われたんじゃないかと思ったらしいが、課長がいた部屋は虫の死骸《しがい》はおろか、糞《ふん》も落ちていなかったって言うんだよ。警察が保健所も呼んだらしいが、今のところ原因不明だ――

「誤って硫酸みたいなものを浴びたとか、ネズミとかイタチとか、肉食の動物が繁殖しているとか」

――劇薬を浴びたら床や衣服に形跡があるし、動物がいるなら糞尿《ふんにょう》や臭気があるもんだろう？　それに、短時間でそんな状態になるわけないよ――

「屋根神とは関係ないんじゃないの？」

――だから、そこを仙龍さんに見てほしいんだ。俺が言うのもあれだけど、長坂先生が高いステーキを奢ったんだぞ――

「ただの屋根神じゃないわけね」

――可能性はあると思うだろ――

「不謹慎ながら小林センセが喜びそうな話っすねぇ」

と、コーイチが言った。言葉は軽いが表情は真剣そのものだ。

――俺からは小林教授に連絡してないが、休み明けに役所から報告がいくだろう。今のところ長坂先生から俺への報告もないが、そんなの待っていないで状況を把握しておかないと、妙な物件と関わるのも剣呑だしな。役所サイドと連携してさ、先に現場を見ておきたいんだ。もちろんそのときは高沢も一緒に行ってくれよな？　高沢は仙龍さんと一緒ならサニワが使えるんだもんな――

「仙龍や私を因縁バスターズみたいに使わないでほしいんですけど」

春菜は唇を尖らせたが、仙龍とセットで検討されるのはちょっと嬉しい。許せないのは、鐘鋳建設が長坂のいいように使われることだ。

――だからこうやってお願いしているんじゃないか――

「どうする？」

と、春菜は仙龍に訊いた。

「最近は長坂先生がらみの物件で結構儲《もう》けさせてもらったし、いいんじゃないすか？」

コーイチが棟梁みたいなことを言う。

「それに、あれっすよ。なんつか、これも『流れ』って気がしないすか？　大屋毘古の謎を追ってる最中に屋根神の話が舞い込むなんて」

「そうだな」

と、仙龍は運転席で頷いた。

「週明けに会社へ寄ると伝えてくれ」

「わかったわ」

春菜はスマホを耳に当て、休み明けに仙龍がアーキテクツへ来てくれるそうだと井之上に告げた。井之上はホッとしたのか、春菜だけに囁いた。

——俺的に気味が悪いというか、嫌な予感がしてるのは、変形屋根があるのに、そこへ行く階段がないことなんだよ。このパターンだと、ろくな目に遭わないよなあ——

前方には、ようやく松江の街が見えてきていた。

其の四

坂崎製糸場跡地と坂崎蔵之介《くらのすけ》邸宅

週明けの月曜日。朝八時四十五分。

前夜に無事長野へ戻った春菜と仙龍たちは、この朝、改めてアーキテクツの打ち合わせ室に集まっていた。アーキテクツ側からは春菜と井之上が、鐘鋳建設からは仙龍とコーイチ、なぜか棟梁までもが来社している。

打ち合わせ室には大きな会議用テーブルが置かれているが、この日はほかにも昇降式のスクリーンと投影機が準備されていた。来客には飲み物を用意するのだが、春菜はお茶を淹《い》れるのが下手なので、受付事務員の柄沢《からさわ》にお願いして煎茶《せんちゃ》を運んできてもらった。

「お忙しいところをお呼び立てして申《もう》し訳《わけ》ありません」

お茶が行き渡るのを待って井之上が挨拶すると、柄沢はドアの前で会釈して、静かに部屋を出て行った。

「いやなに。あっしらこそね、御社の高沢さんに岡山や島根くんだりまで調査をお願いしたわけですから、おあいこですよ」

と、棟梁が言った。

少し前、春菜が出雲へ出かけたときは鐘鋳建設がコーイチを同行させてくれたので、お礼として三井寺力餅《みいでらちからもち》を買って帰ったが、今回は仙龍がアーキテクツへ、土産として中山昇陽堂の『昔ながらのきびだんご』を買ってきてくれた。水飴《みずあめ》ときび粉を練り合わせて作られた飴色のきび団子は、井之上から柄沢が受け取って社長室へと運んで行った。午後のお茶の時間になれば社員に配られるはずだ。

打ち合わせ室の窓からはエントランスに植えた桂が見える。

葉っぱが愛らしいハート型をして、秋になると綿アメのような香りを放つ桂の木は、湿潤で肥沃《ひよく》な土地に植えれば三十メートルを超す巨木にまで育つという。会社に来るたび目にしていたのに、まさかこれが金屋子神の降り立った木とは知らなかった。

「ではさっそく説明させていただきます」

井之上が目配せしたので、春菜は立って行ってブラインドを閉めた。

薄暗くなった室内に昇降式のスクリーンが下りてくる。井之上はそこに当該建造物を含む敷地平面図を映した。

「この図面は役所から拝借した古いもので、縮尺があまり正確じゃないですが、現場の様子は概《おおむ》ねわかると思います。坂崎製糸場は明治初期の創業ですが、図面のように整備されたのは三代目坂崎蔵之介の頃だといいます。当初は敷地内に製糸工場、繭倉庫、繭の乾燥場のほか、従業員宿舎から行楽施設としての劇場、講堂、病室まで備えていたらしいですが、昭和に入ってから敷地を縦断する県道が整備された関係で、現在は寄贈される邸宅と繭倉庫含め十八棟の施設が残されているのみです。とはいえ、今も総敷地面積は六千坪を超えるとか」

「おっきいんすねー……」

と、感心してコーイチが言う。図面の建物は線で表現されているのみだが、大小様々な建造物があることがわかる。井之上は鉤《かぎ》形に曲がった一棟を指した。長い鉤の手が曲がった先に、変形した建物がくっついている。

「今回寄贈になるのがこれで、倉庫とくっついているんです」

「こりゃ曳家泣かせの形状だねえ」

棟梁が言った。

「いやね、あっしらは曳けと言われりゃなんでも曳きますが、でっかい上に鉤の手とあっちゃ、ねじれて建物が傷むんでねえ、用心すべき形状ですよ」

「曳家物件じゃなくてよかったっすね」

と、コーイチも言う。

「鉤の手部分で切り離し、つなぎ直したほうが安全だろうな」

スクリーンを見つめて仙龍が言った。

「建物を切ってまたつなぐ？　そんなことできるの」

「建物と建物のつなぎ部分は、躯体《くたい》とは別に増築されている場合が多いんだ。だから無駄に金と時間をかけて一体で曳く必要はない。平行移動するならともかく、曲げると均一に力が入らず、つなぎ目部分が脆弱《ぜいじゃく》になって建物全体を危険に晒す」

「仙龍は前に、曳家に曳けないものはないって言ってなかった？」

「曳けるよ。だが、リスクの少ない方法を選ぶことも肝要だ」

「建物ってつなげるのね、ビックリだわ」

「古い建物の場合はもともとの材を保管しておいて、それをまた使うんっすよ。古材は再生可能で、捨てるところがほとんどないんす。廃材を買い取る業者があるくらい、昔の建物はエコなんっすよ、スゲーっすよね」

「ま、曳家は修繕も得意でね。工事の前に調査はしますが、見えない内部に腐れがあったりヒビがあったり、弱い部分が歪んだり……そんなのは日常茶飯事でね。ついでに修繕してやれば、その後も長く使えるんでさ」

そう言うと棟梁は茶を飲んだ。

「さすがは鐘鋳建設さんですねえ。だけど、こんな巨大な建物を曳くとなったら、いくらくらいかかるものですか？」

井之上が訊く。

「はあて……距離にもよりますが、厭なかたちをしているんでね」

棟梁は仙龍と視線を交わした。

「どうかな。敷地内で曳くとして、邸宅部分だけならざっと六百万円程度、全体で曳くとなると千五百から、場合によっては数千かな。現物を見ないとなんとも言えんが」

「材にもよりますし、あとは傷みの程度もね……見もせずに算盤《そろばん》は弾けませんや」

棟梁は慎重だ。今回は曳家物件ではないので井之上もあまり深くは訊かない。

「では次に、建物の写真があるので見てください」

井之上は次の画像を出した。寄贈予定の邸宅である。

それは木造二階建て瓦屋根。一階部分が純和風、二階部分が西洋風の、和洋折衷の建物だった。特筆すべきは奇妙な屋根の形状で、二階の屋根にさらに屋根が重なっている。

外壁は木造だが経年劣化でペンキが剝がれ、窓枠などに傷みも見える。ただし、ルーバーになった壁面や跳ね上げ式のフランス窓など、すべてにおいて手が込んだ美しい建物だった。

「萱谷の高殿みたいな屋根になってる」

写真を見てすぐに春菜は言った。重ねた屋根が空に突き出し、建物全体に奇妙な景観を与えているのだ。建物の用途からして煙抜きとも思えない。ここで養蚕をしていたわけでもないので、屋根が二重になっている理由がわからない。

「たしかに変わった屋根っすね」

と、コーイチも言った。

「窓もないし、時計塔でも飾り屋根でもないとは。こりゃ妙だねえ」

棟梁も首を傾げている。

「そんなに変ですか？」

と、井之上が訊いた。

「金持ちだから邸宅に特色を出したかったのかもしれません。女工哀史なんて言われますけど、蔵之介という人は地域振興にも貢献したり、社員もずいぶん大切にしたようで、邸宅の二階が会議室や広間などになっていて、社員の結婚式をそこでやったり、必要があれば地域の会合に開放したりしていたようです。一階部分が居住スペースで、二階はほかに執務室があるそうでした。邸宅の脇に離れがあって、そこは貴賓室として文化人や著名人が多く逗留《とうりゅう》していたらしいです。炊事専門の棟が別にあり、宴会用の料理などもそこで調理できたというから驚きですよ」

「問題の屋根神はどれかしら」

訊くと井之上は、

「俺もよくわからないんだ」

と答えた。

「写真で見る限りそれらしきものは見当たらないだろ？　だから長坂先生はどれのことを言ったのかなと、不思議に思っているんだよ。結局、俺も現場を見に行けなかったしさ。

一番怪しいのは屋根に載ってるもうひとつの屋根だが」

「普通屋根神さんは祠みたいなやつで、庇の上とか、壁にくっついているんすよ」

と、コーイチが言う。

「そうですよね。庇に神輿《みこし》がのっかったみたいな……ネットで検索したら写真がいくつか出てきましたが、邸宅の屋根にそれらしきものはないですよ」

「じゃあどうして屋根神の話が出たの？」

「長坂先生が言ったんだ。『屋根神が祀ってあるんだけど、それを外してほしいんだよね。そういうものには敬意を払ったほうがいいから』と、飯食いながら……」

と、井之上は答えた。

「そのときもちょっと厭な予感がしたんだが、警察から電話があって、そのままだ」

「結局なにもわかってないのね」

井之上はスクリーンを消した。ブラインドを開けて光を入れながら言う。

「だからそう言ったじゃないか。長坂先生からも連絡ないし」

そして仙龍のほうを向く。

「坂崎製糸場は現在も操業中なので、仕事の邪魔はできません。こっちの話は会社ではなく三代目のご遺族が主体で、そこは分けないといけないと思います。現在、邸宅の鍵は役所と、何かあった場合のために会社がそれぞれ持っていますが、現場を見るなら役所の担当者に連絡すれば開けてもらえるそうなので」

「なら、行きやしょうかね」

棟梁が言う。

「設計の先生が何を心配してんのか、見てみなくっちゃ始まらねえ」

「あと、もうひとつの問題は、坂崎製糸場としては建物の解体移築を望んでいるんです」

「跡地を再利用したいんですね」

と、仙龍が訊いた。

「たぶんそういうことでしょう。結構な面積を塞いでいるので。本来ならご遺族が建物を会社に贈与して、壊してしまうのが早いんでしょうが、それが忍びなくて遺したかったのかもしれません。市も寄贈されれば迂闊に解体できないし、そのあたりが複雑で」

「長坂所長の得意分野ね。歴史的建造物の工事は予算がつくから、絶対に取りっぱぐれがないもの」

「持ち主は邸宅ごと、家具調度もすべて寄贈すると言っているので、一部を市の博物館や美術館に売却するなどして資金に充てる案も出ています」

「そんで調査に入ったんすね」

「リストを作る前に、すでにこんな状態になってますけど」

「そりゃまた難儀なことだねえ。かといって、事前調査は必要だしな」

棟梁は立ったままでお茶を啜った。

「何をする場合はどのくらいの予算が必要か、ざっと弾いておかないと、まだどう転がるかわからない物件ですから」

「だが井之上さん。解体するってんなら、うちの出番じゃねえですよ。それこそ設計の先生が懇意の業者にやらせたほうが早いってなもんだ」

と、棟梁が言う。井之上は頷いた。

「長坂先生の現場は二重三重に予防策を講じておかないと拙いんですよ。さっきも言いましたが、自分的に怪しいと感じるのは、今回の二棟が坂崎製糸場ではなく創業者一族の持ち物だってところです。土地は法人のものなので賃料が発生していたようですし、もしも遺族が保存を望んでいるのなら、繭倉庫だけ壊して工場を造って、邸宅は資料館として展示保存すればいいと思うのですが、なぜか移築を望んでいる」

「建物を敷地に置きたくない事情があると思うんですか」

仙龍が訊くと井之上は答えた。

「長坂先生を悪く言うのもあれですが、毎度のことなので、高沢でなくとも疑いたくなります。それでちょっと調べてみたら、邸宅自体は今の持ち主である女性が施設に入居する前から誰も住んでいなかったんです。子供たちが会社の役員なので管理はしていたようですが、みな別の場所にいて」

「どうして住まないのかしら。会社も敷地内にあって便利なのに」

「近すぎてずっと会社にいる気分になるからじゃないすか？」

「でかすぎて使い勝手が悪いのかもねぇ」

「それならいいですが、弊社としてはほかに理由があったら怖いなと思うわけです。すでに死人も出ているし、杞憂《きゆう》ならいいんですけど」

「なるほどね」

仙龍が静かに言った。

「亡くなった課長は全身を蟲《むし》に食い荒らされたみたいだったというし、あとですね」

と、井之上は声を潜めた。

「その課長が亡くなったのが、坂崎蔵之介の執務室だった部屋なんですよ」

「執務室だとどうして拙いの？　あ、わかった。屋根神は執務室にあるのね」

春菜が訊くと、

「そう思うか？」

井之上は逆に訊いてきた。

「春菜さん、それはないっすよ。屋根にお祀りするから屋根神さんなんで」

「神様ってぇのは一番いい場所にお祀りするもんで、そういう意味じゃ執務室でもいいんですがね、それだと屋根神さんじゃなく、普通の神さんになっちまう」

棟梁も言う。

「長坂先生はたしかに『屋根神』と言ったんだ」

「……そこがもう怪しいわけね」

「執務室には入れるんですか？」

仙龍が訊く。

「大丈夫です。昨日のうちに検視も終わったそうですし、役所の人も気味悪がって、可能なら見てほしいと言っているので」

「人が死んだ場所だと思うと、たしかに気味が悪いわよね。床に人のかたちのマークとか残っていたりするのかしら」

「仙龍さんたちが一緒なら、大丈夫だろ」

井之上がそう言う間にも、仙龍は茶を飲み干して席を離れる。

「ここで話していても始まらない。現場へ行きましょう」

「ありがたい。そうしてもらえますか」

井之上はあからさまに嬉しそうな顔をした。

「じゃ、高沢は俺の車に。仙龍さんたちは後ろをついてきてください。担当者に電話して、鍵を開けてもらいますから」

駐車場へ向かう間に、井之上は役所の担当に連絡を取り付けた。長坂先生経由ではなく、あくまでも役所の依頼で鐘鋳建設を呼んだことにしてくれと念を押す。

駐車場で二台に分かれ、井之上が先にアーキテクツを出た。

「それで、どうなんだ。仙龍さんの寿命のジンクスは解けそうか?」

道路へ出たとき井之上が訊いた。春菜は助手席に座っている。

「やだ。それも棟梁から聞いたんですか?」

「聞かなくたって高沢の様子を見てればわかるさ。鐘鋳建設の社長が代々厄年に死ぬって話は有名だしな」

「そういえばその話も、最初にしてくれたのは部局長でしたね」

「そうだったかな。そうかもな」

井之上はあっけらかんとしたものだ。

不思議なことだと春菜は思った。井之上から鐘鋳建設を紹介されたとき、春菜は因縁も祟りも神の存在すらも信じていなかった。建築に関わる仕事をしているというのに、地鎮祭や上棟祭や竣工《しゅんこう》式などの神事は形式的なものに過ぎないと考えていた。やらないと職人が動いてくれないから、とりあえずやっておく、その程度の認識だったのだ。

「おかげ様でいろんなことを考えるようになったというか、成長したんですよ私も」

皮肉ではなく春菜は言う。

「世界って、見えるものだけで創られているわけじゃないんですね。岡山では吉備津神社へ行ったんですけど、吉備中山から空へ発する光の柱を見ちゃったし」

「なんの光だ？」

「わかりません。私ははっきり見えたのに、コーイチや仙龍は見えなかったみたいで。あれって……土地が発するエネルギーみたいなものだったのかな」

井之上はしばらく黙り、赤信号で止まったときにこう言った。

「吉備津神社の神様が高沢を応援してくれているんじゃないのか？」

そうならいいと春菜は思った。そして仙龍の鎖を解くのに力を貸してくれたら嬉しい。強引にではなく緩やかに、謙虚に、そして誠実に、よき方向へと流れていきたい。

けれど、もし、仙龍の因を解くことが流れに逆らうものであったら……膝の上で指を組み、春菜は見えない何かに祈る。自分と仙龍の未来でも隠温羅流導師の因縁でもなく、堰《せ》き止《と》められたら濁ってしまう想いや力が清流に洗われていきますようにと。私は仙龍を守り続ける。その先がどうであっても信念は揺るがない。因縁もすべてひっくるめて仙龍が好きだ。

温羅を隠すと書いて隠温羅流。光を発した吉備津神社は、鬼を隠して神にならせた。

春菜はそのことを考えていた。

滔々《とうとう》と流れる千曲川《ちくまがわ》に沿って線路が走る。

川向こうに田園が続くその先で、山々は赤みがかった芽吹きの色に変わりはじめた。近い川縁《かわべり》に視線を移すと、キラキラと光る水にゴイサギが立って狩りをしている。

坂崎製糸場は信州らしい景観に恵まれた幹線道路を少し入った先にあった。かつては一体だった敷地を今は道路が分断したため、道の両脇に土蔵造りの倉庫や美しい格子窓の建物が続いている。文化施設事業部に籍を置く春菜も、隣の市にこんな施設があることを知らずにいた。その一帯だけが大正から昭和初期に迷い込んだかのようだ。

「ここですね？　全然知らなかったわ。こんな施設があるなんて」

「俺もだよ」

と、井之上は言い、製糸場の正門を通り過ぎた。土蔵の白壁が門柱で途切れて、奥に平屋の事務所が見える。簡素で可愛らしい事務所棟は山間部の分校のような外観だが、敷地周囲に視線を移せば、歴史と威厳《いげん》を纏った建物ばかりが点在している。

「大正ロマン館とか昭和レトロ館とか名前をつけて、テーマパークになりそうだわ」

「たしかにな」

と言いながら、井之上は敷地をぐるりと回り込み、裏側の駐車場で車を止めた。工場が稼働している平日なので、正門の来客用駐車場を使わないよう配慮したのだ。仙龍たちの車も入ってくると、すでに駐車していた車のドアが開き、職員ふうの男性が二人降りてきた。一人は若くてコーイチぐらい。もう一人は六十がらみの男性だった。

「年配のほうがコンサルだ。ほら、親水公園で工事の監理をしていた人だよ」

井之上は春菜にそう告げた。車を降りて二人のほうへ歩いて行く。

「どうも増田《ますだ》さん、滝沢《たきざわ》主任も、すみません」

井之上が頭を下げると、増田と呼ばれた年配のほうがにこやかに手を挙げた。春菜はさっそく名刺を準備する。井之上は春菜に言った。

「俺に鐘鋳建設さんを紹介してくれた増田さん。以前は公共事業課で監理をされていて、その経験を生かしてコンサルタントの仕事をしている」

「井之上の下で営業を学んでいる高沢です」

春菜は増田と名刺を交換し、次いで滝沢という若い職員とも名刺を交わした。若い職員の名刺には、『上田市役所街づくり推進事業部主任』の肩書きがある。もしかしたら遺体の第一発見者だろうか。

増田は丸顔の色黒で、恰幅《かっぷく》がよく、バーコードのような髪型の人物で、滝沢はヒョロリと細長くて覇気のない青年だった。

「や、こりゃあ増田さん。お元気でしたか」

遅れて車を降りてきた棟梁が、親しげに増田に近づいていく。

「おお、これは棟梁。ご無沙汰《ぶさた》してます」

旧知の仲らしく手を握り合ってから、仙龍を見て増田が訊いた。

「こちらは？　まさか、昇龍さんかと思いましたよ」

「昇龍は自分の父です」

仙龍も彼らに名刺を渡した。

「鐘鋳建設の守屋です。お噂はかねがね棟梁から」

「仙龍さん。いや、そうですか。昇龍さんにこんな立派な息子がいたとは……」

そして増田は棟梁を見た。

「棟梁も一安心でしょう」

ええまあ。と棟梁は、自分の禿げ頭をつるりと撫でる。

「こっちはうちの『綱取り』で、間もなく『法被』になるコー公でさぁ」

棟梁はコーイチを増田たちに紹介し、

「ども。いつもお世話になってます。鐘鋳建設の崇道浩一《すどうこういち》です」

法被前で名刺を持たないコーイチは、礼儀正しくお辞儀した。

社員用駐車場の前は敷地を囲む塀であり、塀越しに敷地内の樹木が見える。その奥にひときわ高い建物があり、聞けば長野県最古の鉄筋コンクリート造り五階建ての繭倉庫だという。同一企業の敷地内に製糸業の歴史を物語る建造物が集中して残されている点で、坂崎製糸場はたいへん貴重なのだと増田が言った。

「今も操業中というのがさらにすごいんだ」

と、前置きしてから、

「ぼくなんかは、ここを知った当初から上手に保存して残したいなと思っていたけど、そう思っても他人様の持ち物だから。でも、ここへきて娘さんが屋敷を手放したいと言い出して、ようやくもろもろが動きはじめたところなんですよ。貴重な建造物は保存しないと失われてしまうし、かといって、実際に使っている者には希少とか言ってられないわけでしょう？　やれ風流だ、素敵だと、見に来て言うのは勝手ですがね、下手に文化財登録なんかされた日には、住んでる家でも勝手に改装できないわけで、寒いけど我慢して使ってるなんて例はそこいら中にありますよ」

「屋根神さんが祀られてるってことでしたがね？」

敷地に目を向けて棟梁が訊くと、増田は顔をしかめて言った。

「さすがの長坂先生が、屋敷と図面と見比べて妙なところがあると仰《おっしゃ》ったんですわ。滝沢くん、あれを」

増田は滝沢に言って、車から図面を持ってこさせた。設計士が使うような青焼きではなく、折りたたまれた古い図面だ。滝沢はそれを棟梁に渡し、棟梁がその場で図面を開いた。井之上が打ち合わせ室で見せたスライドは平面図と写真だけだが、この図面には立面図と平面図が描かれている。話に聞いたとおり邸宅の一階部分は住居の仕様になっており、二階部分には二十七畳もある広間や十四畳の会議室、執務室がある。

「素人は図面を見てもわかりませんがね、実際に建物へ入って先生が……」

一枚の図面を全員で覗き込んでいる。

増田は手を伸ばして、執務室の一角を指でなぞった。

「このあたりの造りがね、実物と図面で合ってないと仰るんですよ」

「合っていないとは？」

仙龍が訊く。

「寸法が違うってことですな。実際の部屋が狭いって」

「隠し部屋か」

「はあ……さすがですな。どうして建築をやってる人は、すぐにそういう発想が出るんですかね」

「ま、激動の時代に金持ちが建てた家ってぇのは、工夫を凝らしてますんでね」

「お宝部屋でもあると思ったのかしら。長坂先生は」　鼻が効くから。

あとの言葉は呑《の》み込《こ》んでおく。今回長坂は役所を出し抜くこともせず、事前調査に立ち入ることもなかったようで、そこは褒めてやりたいと思う。今までの長坂だったら、誰よりも先に調査に入ってお宝を持ち去っていたはずだから。

「亡くなった課長はその部屋におったんですわ。偶然でしょうかねぇ」

「隠し部屋を探してたんすかね」

コーイチが呟いた。答えを求めるように増田を見ると、

「そうかもしれません」

増田は素直に認めた。

「建物は屋根の一部が突き出ていまして、そこへ上がるための階段が隠されているんじゃないかと長坂先生は仰っていましたね。屋敷の一番高いところに屋根神を祀っているんだろうと」

棟梁は顔を上げ、春菜は井之上と顔を見合わせた。

「だからみつからなかったんっすね」

と、コーイチが言う。

「みつからなかったとは？」

増田が不思議そうに訊いた。答えたのは井之上だ。

「長坂先生の弊社への依頼は、邸宅に屋根神が祀られているから外してほしいというもので、その打ち合わせの最中に警察から電話があったんですが、写真を見てもそれらしい祠がないので、どういうことかなと」

「はあ。そうだったんですね」

増田が笑う。会話の主導権は増田が握り、滝沢はほとんど喋らない。

「ちょいと伺いますけどね、創業者は名古屋あたりの出身だったんですかい？」

「いいや。諏訪《すわ》の出だと聞いていますが」

「珍しいですね。信州に屋根神を祀る風習はないのに」

と、仙龍は言った。

「三代目の蔵之介さんは……」

増田の斜め後ろに立っていた滝沢が、初めて自発的に喋りはじめた。

「仕事で日本各地を回ると、そのたびに流行神を連れて帰った人だったらしいです。手当たり次第に御利益信仰に飛びついて、すごくいろんな神様がいたのを、娘さんの代になってから苦労して整理したって」

「持ち主との窓口を滝沢くんがやってくれているのでね、いろいろ話を聞いたようです。長坂先生が屋根神のことを知っていたなら……」

「先生はぼくにも同じことを話していました」

と、滝沢は言った。

「会社の敷地内にお稲荷《いなり》さんを祀っているんですけれど、先生は、ああいうものを迂闊にいじるのは怖いって」

「突き出た部分すべてが屋根神ですか？」

春菜が訊く。

「それがわからんのです。屋根裏へ上る階段もないんでね」

それ見たことかという顔で、井之上が春菜に目配せをする。

「神さんをお祀りしてるのに階段がないなんてこたぁ、ちょっと考えられないねえ。それじゃお世話もできねえし」

「だから納得したというところがありますな。長坂先生が言うように、隠し扉があるんじゃないかと」

「亡くなった課長さんはそれを探していたんですね」

「さあ、どうですか」

仙龍は次に滝沢に訊ねた。

「娘さんは屋根神について、どう言っていましたか」

「特にはなにも……でも、怖がっているようでした」

滝沢は表情を曇らせている。

「怖がっている……具体的には？」

申し訳なさそうに首を振る。

「詳しい話はわかりません。でも、様子がとにかく怖がっているように見えました」

「ははあ、なるほど……だから階段がないってね」

棟梁は腕を組み、眉間に縦皺を刻んで塀を見上げた。

「ま。剣呑な感じになってきやしたが、とにかく現場を見てみますかね」

ズボンのポケットに手を突っ込んで、引っ張り出した手ぬぐいを頭に載せると、姉さん被りをするように後ろでゆるく結んでいる。それが意外に似合うので、春菜は下を向いてこっそり笑った。

不気味な話とは裏腹に、日射しが春めいていいお天気だ。滝沢が持ってきた図面を畳み、春菜たちは増田と滝沢について敷地へ入った。社員用駐車場の前にある塀は北側の一部に裏口があり、営業時間内は鍵が開いているのだという。狭い扉をくぐって抜けると、大きなケヤキの木立の奥に白壁の巨大な建物がそそり立っているのが見えた。

「繭の倉庫だったらしいです」

「漆喰の土蔵造りでこの大きさは……実は木造なんですか？」

建物を見上げて仙龍が訊く。

「たぶんそうだな。それにしても木造の五階建ては珍しいねぇ」

棟梁も感心しきりだ。

「国内に現存するのはこれだけで、こちらはすでに国指定重要文化財に登録申請中です」

巨大な繭倉庫の横にはやや階数の低い建物があり、外観は同じ漆喰塗りだ。倉庫の敷地は社員用駐車場より高く、石垣の上に立っている。石垣の下が土の広場で、往時はここへ馬車や荷車がやってきて荷を下ろし、選別された繭を倉庫で乾燥させたのだという。荷物を運ぶための長いスロープが今も残され、県内最古の鉄筋コンクリート造りといわれる撰《せん》繭場《けんじょう》兼繭倉庫はその隣にあって、鉤の手に曲がった先が邸宅になっているらしい。

「あのへんにもう一棟、四階建ての干繭倉庫があったんですが、平成になって曳家したとき、建築基準法に合うように手を加えたそうですよ。今は事務所の反対側へ移動しています」

「道路脇に続いていた格子造りの建物はなんですか？　長屋風で白壁造りの」

春菜が訊くと、滝沢が答えてくれた。

「創業者が住んでいた家ですね。最初は事務所もそちらにあったと聞いています」

「今回の邸宅は三代目が建てたもので、外交用に贅《ぜい》を尽くした造りでしてね。創業者の住宅は、それに比べたら質素ですけど、市の指定文化財なのですよ」

「二百年を超える歴史の中では、いろいろな事情があったんですね」

まとめるように井之上が言う。

ひとつの会社の敷地内とは思えないほど歩いてから、春菜たちはようやく件《くだん》の邸宅の前に出た。そこまで地面は土で敷石もなく、機能性重視の空間だったが、鉤の手に曲がった先へ来てみれば雰囲気がまったく違っていた。

築山が造られ、庭木が植えられ、敷き詰めた小石に波模様が浮かぶ瀟洒な庭だ。賓客用の離れは窓に色ガラスがはめ込まれ、外壁は白の漆喰塗り、どこからでも庭を望める贅沢《ぜいたく》な造りだ。並ぶ邸宅は写真で見たとおりのもので、しっかり手入れをすればレトロモダンに蘇《よみがえ》るだろう。よいものは時代を経ても錆《さ》び付《つ》かない。古きよき建物を見るのは大好きだけど、実際に自分が住むことを想像すると、何を着てどこで落ち着けばいいのかわからない。贅を尽くした建造物というものは、なぜか生活の匂いがしない。庭から見上げてみたけれど、家の庇が邪魔になり、屋根神が棲むという変形屋根は見えなかった。

離れをさらに回り込んだ先が玄関ポーチで、車寄せ風に突き出した雨除《よ》けの下で滝沢が鍵を外した。観音開きの大きな扉が開いたとき、古い時代の臭いを嗅いだ。

ポーチには大きな下駄《げた》箱が備え付けられていた。従業員の結婚式にも使ったというから大勢が利用できる想定の設計なのだろう。上《あ》がり框《がまち》に重厚な色のカーペットが敷かれていて、天井には凝った造りのシャンデリアが飾られていた。階段の脇に巨大な鏡があって、光を背にした春菜たちの姿が映り込んでいる。建物を回り込むように続く広縁は庭に面した部分がガラス張りで、チラチラと木漏れ日が揺れていた。

「素敵な建物に見えるけど」

と、春菜は言った。玄関には役所が用意したらしきスリッパが箱に入れてあり、滝沢が取り出して足下に置く。すかさず手伝ったのがコーイチで、春菜は少々遅れをとった。

「こっちです」

増田が率先して先へ行く。

一階部分は和室が多く、簡単な台所が奥にあり、宴会の料理などを作るときには屋外の炊事棟を使用したという。賄いをする料理人たちは随時数人が出入りしていたというから驚きだ。現代の建造物に比べると天井は低く、鴨居《かもい》に装飾をこらしている。和室は障子《しょうじ》が閉めてあり、隙間から中を覗くと、高価そうな紫檀《したん》のタンスや、窓辺に置かれた籐椅子《とういす》が見えた。長いこと人が住んでいないため、埃《ほこり》を吸った布地や古い襖の匂いがしている。

「ははあ……タイムスリップしたような……」

自分の身長より高い振り子時計の前に立ち、壁に取り付けられた乳白色の照明を見上げて井之上が言う。

「最後は坂崎氏の娘さんが独りで住んでいまして、身の回りのことは家政婦さんがやっていたようですけどね。人の出入りはほとんどなかったんじゃないですかねえ」

春菜たちが眺め終えるのを待って、増田は階段の手すりに手をかけた。

踊り場には大きな窓があり、木枠が幾何学模様に区切られている。それぞれにレトロガラスや色ガラスをはめ込んだモダンなデザインだが、残念なことに一部が欠けてしまったらしく、そこは現代のスリガラスが入っていた。ギシギシ鳴る階段を踏みしめて二階へ上がると、アーチ式の仕切り壁の奥が大広間になっていた。椅子やテーブルは部屋の隅に積み上げられて、埃がつかないよう白布で覆ってある。

「昔は畳敷きだったようですが、昭和の初めにフローリングにしたようです」

フランス窓から射《さ》し込《こ》む光が床に格子模様を描く。中央奥に暖炉《だんろ》があって、勲章を着けて長い髭《ひげ》の男性の肖像画が飾られていた。

「三代目坂崎蔵之介ですよ。持ち主のお父さんになるのかな。今の持ち主は総子《ふさこ》さんといって、六人兄妹《きょうだい》の下から二番目ですが、結婚していないのでずっとここに住んでいました」

その隣にも半分くらいの広さの部屋があり、こちらは床の間付きの和室であった。

窓からは、庭と、敷地奥にそびえる煙突が見える。廊下だけでもかなりの広さだ。

「一番奥が執務室です」

滝沢が足を止めて言う。心なしか顔色が悪い。

「課長を最初に見つけたのが滝沢くんでね」

増田は同情した声で言う。

「いいよ、滝沢くんは入らなくても」

「すみません」

と、滝沢は言って、窓の近くで立ち止まった。よほどショックを受けたのだろう、背中を向けて裏庭の奥に立つ倉庫を見ている。かける言葉もなく春菜は、仙龍たちのあとから廊下を進んだ。

執務室は突き当たりにあった。扉には内部を覗ける窓がなく、来る者を拒《こば》むかのような重厚さを持っている。特別な部屋であることを扉で語らせる構造のようだが、今となってはその奥にいる人もない。真鍮のノブに手をかけて、増田が手前に引き開ける。

その瞬間、春菜は室内が真っ黒になるほど、無数の虫が飛び交《とか》っているのを見た。

「わっ」

と叫んで腕を振る。砂嵐《すなあらし》のように噴き出す虫が目や口に入ってくると思ったからだが、

「春菜さん？」

コーイチに呑気《のんき》な声で訊かれて我に返った。

虫などいない。どこにも、一匹もいないのだ。

「どうした」

と、仙龍も訊く。春菜は目をパチクリさせた。

「……なんでもない」

振り払おうとした腕を下げ、春菜は再度室内を見た。

いや、いる。虫はいる。見えないけれど大量にいる。鳥の糞に湧く蟲の嫌な臭いが吹き出している。目を凝らし、春菜は全身が総毛立った。絨毯《じゅうたん》、壁、家具にも、椅子にも、天井にも、小さくて真っ黒な蟲が張り付いて、蠢いている。そのせいで室内は薄暗く、空気が濁って斑に見える。春菜は一歩後ろへ下がった。

こんな部屋には入れない。亡くなった人を蝕《むしば》んだのは、この大量の蟲なのだ。

「蟲がいる……うじゃうじゃしてるわ」

春菜はとうとうそう言った。入っちゃだめだ。何が起きるかわからない。

「ドアを閉めてください。はやく」

ポカンとしている増田に代わって棟梁が扉を閉めると、春菜は離れた場所に立つ滝沢を振り向いた。滝沢はものも言わずにこちらを見ている。

執務室から音がする。ジミジミジミ……ジミジミジミ……蟲の蠢く音である。

「亡くなった人を発見したのは滝沢さんでしたよね。その方って、もしかして」

蟲に食い荒らされていたのではないですか、と春菜は訊く。

滝沢はその場から動きもせずに、ただ顔色を変えて蒼白《そうはく》になった。

「そ……え？　ずっと考えていたんですけど……そうです。あの……」

吐きそうな顔で言葉を切ると、滝沢は廊下の窓を開けて空気を入れた。

室内に三月の風が入り込む。風は淀《よど》んだ空気をかき混ぜて、微かに花の香りがした。

「たしかにそんな感じでした。血も出ていないのに、皮膚に無数の穴が空いていたんです。顔つきが変わってしまうほど、手にも首にも無数の穴が……あんなの、奥さんには絶対見せられないですよ、子供さんにも見せられない……酷すぎて」

「大学病院で解剖するとかで、まだ葬式の段取りもできないんです」

と、増田も言った。

「何を見たんだ」

仙龍が春菜に訊く。

「増田さんが扉を開けたとき、部屋が砂嵐みたいになっていたのよ。黒い粒が舞っていて、大量の羽虫……小バエ？　なにか、そういうものが飛んでいるのかと」

「そんで顔を覆ってたんすね」

「飛び出してくると思ったから。でも、コーイチが平気なのを見て、気のせいかと思ってよく見たら、壁という壁が蠢いていて……音も聞こえて……」

蟲よ。と、春菜は仙龍に言った。

「部屋の色が変わるほど蟲がくっついてるの」

「……真面目な顔でそんなこと言うなよ」

そう言ったのは井之上だ。本気で怯えた声をしている。

「いえ、たぶん、ホントに蟲がいるんです」

滝沢までもがそう言った。

「蟲も動物もいなかったろ？　保健所を呼んで調べたじゃないか」

増田が言っても彼は聞かない。

「だって、じゃあ、どうして課長が……あんな……絨毯の下とか、壁紙の裏とか、そういうところに隠れてるんですよ。何かの弾みで外に出て人を襲うんじゃないですか。あ、そうか。屋根裏か、屋根裏に巣があるのかも」

滝沢は拳を叩いた。

「総子さんはそれを怖がっていたんですよ……やっとわかった。屋根神って、屋根裏にいる蟲のことじゃないですか」

「なんの蟲だよ。そんなの聞いたことないぞ」

「まあまあ、増田さん」

棟梁が割って入った。仙龍と視線を交わし、閉めたばかりの執務室を見る。

「もう一度開けてみますかね」

棟梁はそう言うと、扉に向き合い、両脚を開いて腕組みをした。目を閉じて頭を垂れると、口の中で何事かゴニョゴニョと呟いてから、真鍮のドアノブに手をかけた。

春菜に背中を向けたまま、

「姉さん、何か見えたらすぐに教えておくんなさいよ」

「わかりました」

春菜が答えるのを待って扉を開ける。

今度はなにも見えなかった。

「いないわ。いません。さっきは真っ黒になるほどいたのに」

「そりゃぁいい、ならばお邪魔しますかね」

棟梁は振り向いて微笑んだ。手ぬぐいで姉さん被りをしていなかったら、カッコいいと思ったところだ。最初に棟梁が中へ行き、仙龍がそれに続いた。

増田が入ってコーイチが行き、井之上は春菜を振り向いてから先に入った。春菜も最後に続いたが、滝沢はその場を動こうとしなかった。

執務室は床に赤い絨毯が敷いてあり、ドアの脇にマホガニーのデスクと別珍張《ば》りの椅子が置かれていた。デスクの脇には古くて大型の金庫があったが、これは扉を開けられて、中が空っぽになっている。窓辺にチェストが、入口の対面には書棚があって、応接用テーブルと二人掛けのソファが執務机に向き合うように置かれていた。室内は整然としているとは言えず、チェストには壁から外した額やガラクタが。ソファやテーブルにも本棚から抜き出された本が積み上げられている。課長が整理をしていたからだ。

「あれ?」

窓辺に立ったコーイチが、チェストのガラクタを見て言った。

「なんでこれだけ風呂敷《ふろしき》に載せてるんすかね」

ガラクタの隙間に安い紫色の風呂敷があり、三方金を施された本が数冊と、古くて小さな化粧箱などが載せられていた。増田が近づいてきて覗き込み、

「さあ……なんでかな?」

と首を傾げた。本は室内にたくさんあるが、なぜ数冊だけ風呂敷に載せられているのか

わからない。空っぽになった書棚の前には見たくないと思った白いテープが人のかたちに貼られていた。課長が倒れていた場所だ。血液の汚れはなかったが、失禁の跡が生々しい。増田が率先して窓を開けると、カーテンを揺らして風がきて、微かに尿の臭いがした。デスクにペン立てとメモ用紙があって、変色した紙がパラリとめくれた。

「ん。本棚が動いていないか?」

仙龍がすぐさま言った。近づいて本棚を見ている。見上げる高さにある棚の一部分だけ、背板が素通しになった珍しい品だ。棚の前面には瀟洒な彫り物が施され、絹糸をひねったような飾り柱がついている。棚には埃がたまっていて、本の置かれた場所が見て取れた。一段目、二段目と、仙龍は棚を確認し、目より高い棚を見たとき動きを止めた。指先で板をなぞると踵《かかと》を上げて覗き込み、振り向いて積み上げられた書籍を見た。

「どうしたの?」

と、春菜が訊く。

「客用ソファだよ。本の隙間にあるのはなんだ?」

言われて一同はソファの上を見た。雑多に積み上げられた本とソファの隙間に、白磁の瓶子《へいじ》や水玉や、それらを載せる三方がガラクタさながらに押し込まれている。棟梁はそれらを引っ張り出してチェストに載せ、「はあてね」と首をひねった。

「見たところ、部屋には神棚がありやせんがね、どっかから持ってきたのかな」

「三方を貸してくれ」

仙龍はそう言って三方を取り、件の書棚の棚に置く。

「棚板に跡がついている。おそらくここに供えていたんだ」

「え。なんでっすか。なんで神具を本棚に?」

コーイチが訊く。全員が同じ疑問を持っていた。

「よく見ろ、ただの本棚じゃない。この部分だけ背板がないんだ。だからたぶん、『それ用』にあつらえたものだろう。初めからここを神棚代わりにするつもりだったんだ……書棚を動かしたのは誰ですか?」

仙龍が訊くと、

「警察の人が検視のときに動かしたんでしょうか」

と、増田が答えた。

「というか、書棚が動いていましたか?」

仙龍が壁を指す。わずかだが、その場所にクロスの日焼け跡がある。ダマスク織りのクロスは光沢のある絹製で、経年劣化で同系色の糸を織り込んだように見えるが、本棚の陰になっていた部分には当時の赤や黄色や褐色が色鮮やかに残されていた。

「あ、本当だ。斜めにずらしたようですね」

「慌てて戻したようにも見える」

仙龍は拳で壁を叩くと、「設計士が言っていたのはここか」と呟いて、コーイチを呼び寄せた。二人で両脇に取り付くと、呼吸を合わせて書棚を前に引き出した。

死体の線を踏まないようにして、春菜たちも壁を見に行く。

「うへ、社長っ」

コーイチが素《す》っ頓狂《とんきょう》な声を出す。仙龍は壁を一瞥《いちべつ》してから、振り返って棟梁を呼んだ。春菜と井之上、そして増田は顔を見合わせた。仙龍たちの様子から、何かよくないものがみつかったと感じたからだ。

「ああ……こりゃあ……」

書棚の後ろを覗き込んで棟梁が唸る。そのまま言葉を発しないので、なぜだか春菜はゾッとした。棟梁は顔を上げ、増田と井之上を交互に見てから身を引いた。それで春菜は井之上たちの後ろから、恐る恐る壁を見た。

「これは……」

と、増田が声を上げ、井之上は春菜を振り向いた。

壁には扉らしき切り込み線が四角くあったが、その全体を塞ぐかのように魔除《まよ》けのお札が貼ってある。ダマスク織りのクロスに重ねて尋常ではない枚数が貼ってあるのだ。書棚より一回り小さな枠が隠し扉のようだった。

「お札にキズが入ってるっすよ」

と、コーイチが言う。

「課長はここを開けようとしたのかもしれないな。そして慌てて書棚を戻した。でも、間に合わなかったんだ」

「蟲のヤツ、こっから湧いて出やがったのか」

棟梁は唇を嚙み、

「若。どうするね？」

と、静かに訊いた。仙龍も棟梁に訊く。

「屋根神とは何者だ？」

棟梁は首をひねり、姉さん被りをほどいて額を拭いた。

「それじゃあ、ここを戻して、みんなで外へ出ませんかね」

と言う。その言葉だけでまたゾッとした。

「コー公、誰かがまた手を出すと困るから、書棚を元へ戻しておきな」

そして増田にこう訊いた。

「どこかで水を汲めますかね？　あと、塩も」

「一階は水が出るはずです。住んでいたときのままなので、台所に行けば塩くらいはあるのかもしれませんけど、行ってみますか」

「お願ぇしやす」

棟梁が三方をとったので、春菜も神具を手に持った。

「私も行きます」

「じゃ、俺は仙龍さんたちと書棚を戻しておくよ」

井之上が残り、春菜と棟梁と増田が執務室を出ると、廊下で滝沢が待っていた。

「滝沢くん、お二人を台所へ案内してあげてくれないか。塩と水が欲しいと言うんだ」

「わかりました」

と、滝沢は言い、春菜と棟梁を階下へ誘った。増田は再び執務室へと戻っていった。

居住スペースだった一階には、古いタイプの台所が残されていた。流し台は石造り。水道の蛇口は真鍮製だ。ひねるとパイプが振動し、しばらく待っていると、濁って赤い水が吹き出した。

「わ」

と滝沢が半歩引く。

「長く使われてなかったからだよ。しばらく待てばいい水が出る」

棟梁の言うとおり、しばらくすると水は次第に透明になった。棟梁は手ぬぐいを洗って絞り、それで三方を丁寧に拭いた。

「兄さん、戸棚かどっかにお清めの塩があると思うんだが、ちょいと探してもらえねえかな」

言われて滝沢が戸棚を開く。春菜も神具を丁寧に洗った。水玉に水を入れ、引き出しにあったナフキンで盛り塩の皿を拭く。

「あ、ほんとうだ。ありました」

清めの塩はやはり戸棚にしまわれていた。

棟梁は塩受けに塩を盛り、かたちを整えて皿に載せ、水玉と一緒に三方に置いた。

「ここは敷地内にお稲荷さんがあると言ってやしたね？　ならばお供え用の御神酒《おみき》を置いているはずなんで、悪いが兄さん。ちょいと事務所まで行って、御神酒を分けてもらってくれませんか」

春菜がきれいに洗った瓶子を一対、滝沢に持たせて外へ出す。二階の廊下にいたときも、抜かりなく執務室の声に耳をそばだてていたのだろう。滝沢は瓶子を受け取ると素直に外へ飛び出していった。

「さあて……」

二人だけになると、棟梁は深呼吸してから春菜を振り向き、

「姉さんも吉備津神社の根巻きに気がついたってねえ？」

手ぬぐいを弄《もてあそ》びながらそう訊いた。

「はい。棟梁が言っていたように、温羅はたたら製鉄と関係があったんだと思いました。

それで、たたらの歴史を追ってかつての萱谷山内へ。あと、金屋子神社へも寄ったんですが、仙龍が金縛りに遭ったので参拝せずに引き返したんです」

「今朝、あっしも若から子細を聞きましたがね、姉さんが金屋子神の姿を見たっていうのは本当ですかい？」

春菜は大きく頷いた。

「たぶんそうだと思います。初めは、岡山へ向かう車中で見た夢でした。夢の中の導師が仙龍と同じ鎖に縛られていて、その鎖は地下から湧き出していたんです。鎖の先にいたのが鉧と呼ばれるものにそっくりで、萱谷山内へ行って確信したのは、あれは金屋子だったんだって」

「なるほどねえ」

棟梁は足下にため息を吐き、目を上げて真っ向から春菜を見た。

「実はねえ、あっしも……姉さんたちが吉備津神社へ向かっているとき、ただの夢とも思えねえ奇妙な夢を見たんでさ。ま、今日は姉さんにその話をしたくてね、若とコー公にくっついてきたってわけなんだ」

珍しくも棟梁が一緒だったのは、そういう理由があってのことか。

「それはどういう」

「いやさ、夢なんてぇもんは、起きたらすぐに忘れっちまうものだけど。それがあの夢だけは、頭のここんところに」

と、棟梁は盆《ぼん》の窪《くぼ》を叩き、

「貼り付いちまったみたいに消えないんでね」

と言って笑った。

不思議で生々しい夢だったという。風の柔らかさや、その匂いまでも覚えている。べっこう飴のような匂いの風だと聞いて、春菜は桂の木の芳香を連想した。屋根に刺さった白羽の矢を男が引き抜き、別の屋根に刺し直すのを見たと棟梁は言う。そのとき山々を震わせるほどの咆哮を聞いた。神の怒りを感じて肝が縮んだと。

「男は禁忌を犯したんでさあ。神様を裏切ったって言うかねえ……ご神託を覆すことの顚末《てんまつ》は『吉備津の釜』にも書かれてましたが、そいつの場合はもっといけねえ。抜いた矢をほかの屋根に刺したんだから。それは自分を神に並べる行為で、世の理を敵にまわしたってことだから。あっしらも因縁祓いをしますがね、一番恐れるのがそこなんだ。世の理に背いちまっちゃ、お天道様が味方してくれねえ。障りを祓えるのは正しい流れに持っていくからで、道理に背いちゃそれもできねえ。その男は生き様を棒に振ったんでさぁ」

真鍮製の蛇口から切れの悪い水が滴《したた》って、石の流しにポタリと落ちた。瞬間、岡山や島根で見てきたものが春菜の思考で結びつき、怒濤《どとう》の流れで腑に落ちた。

棟梁が追えた仙龍の先祖は鐘鋳曳屋を始めた正十郎《せいじゅうろう》までだが、それ以前も隠温羅流は信州で活躍していた。仙龍と出会うきっかけになった土蔵には二百年近くも昔の因があったし、山奥の神社の灯籠《とうろう》にそれより古い因が彫られているのを見たこともある。少なくとも江戸期には、隠温羅流は信州に来ていたはずだ。金屋子神が奥出雲を飛び去ったのが十七世紀後半。それが隠温羅流を追ったためでも齟齬はない。

「……棟梁。つながった気がします」

と、春菜は言った。

「棟梁が夢に見たのが『始まり』だったんだと思う。金屋子神の寵愛をはねつけて、怨毒を浴びた、たたらの、民が……」

ぐいーんと奇妙に視界が歪んだ。魂が頭の後ろから引っ張り出されて、気がついたときは目の前に、金屋子神のおぞましい目がギラついていた。

——どうしてくれよう、どうしてくれようどうして……ようどうして……——

燃える嘔吐物のような鉧《あば》の中から声がする。金屋子神の怒りは灼熱に燃え、忌ま忌ましさで大地を震わす。颪が暴れて千切れた桂の枝が舞う。

——おのれ啓明《けんめい》。どうしてくれよう——

次に見たのは精悍《せいかん》な男の姿だ。体ひとつで集落を追われ、獣のように森を逃げて行く。その先に若く美しい娘がひとり、男が来るのを待っていた。飾り気がなく清らかで、内側から光り輝くような女性である。金屋子が燃える赤さを持つのなら、こちらは真珠の光沢を持つとでも言えばいいのか。男と女は手を伸ばし、ひしと抱き合い、互いを守るようにして森を出て行く。

ああ、彼女のために矢を抜いたのか……春菜は悟り、胸のあたりがジンと疼《うず》いた。

また春菜は見た。件の男が咆哮するのを。

さっきの女と小さな娘が炭のように焼け爛れて死んでいる。もはやあの美しかった容貌はなく、黒焦《くろこ》げになった皮膚の隙間に鮮血が吹き出す様は金屋子神さながらだ。手足は突っ張り、顔は裂け、炉から流れる銪そっくりだ。けれど男は亡骸をかき抱き、頬を擦《こす》り付《つ》けて泣いている。金屋子神の憤怒《ふんぬ》が聞こえる。

――なぜだ、なぜ同じ容姿の妾を愛さず、醜い妻子を悼むのか――

周囲にブスブスと煙が立って、焼け落ちた小屋が見て取れる。小屋脇の木が裂けていて、雷を落としたのだと春菜は思った。

自分自身が焼かれたように痛みを感じて、春菜は激しく顔を歪めた。焼死体から流れ出す血や体液が自分の皮膚から流れ出ているようだった。

次に見たのはあの夢だ。屋根の上で幣を振る導師の姿。

黒い瘴気を引きずりながら、男は屋根で采配を執る。

「……やね……がみ……」

と春菜は呟き、自分の声にハッとした。

「姉さん、それは」

棟梁がうろたえている。激しく痛む鎖骨あたりに、ぬるりと不快な感覚があり、春菜は台所の床に尻餅《しりもち》をついた。体を支えようと伸ばした腕が椅子を突き飛ばしてバタンと倒れ、棟梁は駆け寄ってきて春菜が頭を打たないように支えた。

「どうした！　いや姉さん、ちょいと」

もう片方の棟梁の手が、ドロリと血に濡《ぬ》れている。驚きのあまり、棟梁は蒼白だ。焼け付く痛み、凄まじい苦しさ恐ろしさ。けれど春菜は歯を食い縛る。

負けちゃ駄目、チャンスじゃないの、今度はしっかり最後まで見るのよ。負けるな、これは私にしかできないことよ。

肉体はこの場にあるのに、依然として魂の半分以上が遠くに引き込まれたままだ。視界で棟梁を捉えながらも、春菜はさらに夢を見た。

頭に被った七色の御幣に隠されていた、男の顔が見えたのだ。

人ではない。人であるはずがなかった。端整でありながら精悍な顔の男は仙龍に似ていたが、その表情には卑しさがあった。両目は炯々《けいけい》と光を放ち、冷淡な笑みを唇に貼り付けながら無表情で幣を振る。足下で綱を引く者たちの先に注連縄で囲った穴があり、大量の石が詰め込まれた中で人が死んでいた。首から下は石に埋もれ、目や耳や、鼻からも、口からも血を噴き出している。石子詰めにされたのだ。

「姉さん、姉さんっ」

棟梁に頬を叩かれた。

それでも春菜は戻らない。死んだ男に寄り添ったために石の重みで内臓が潰れ、春菜は口から血を吐いた。厭な味の血であった。苦し紛《くるまぎ》れに伸ばした手を、棟梁ががっちり握った。待って棟梁、もう少し、もう少しで理解するから……男は屋根の上にいる。春菜は死人の脇にいて、死人が白装束を纏っていたことから殺人が儀式だったことを知る。死んでいるのは生け贄だ。男は曳家をする際に、新たな地盤に生け贄を捧げて悦《よろこ》んだのだ。

金屋子神の不興を買った男はたたらの民から疎まれて、村を捨てたが許されなかった。妻も娘も奪われて、怨み悲しみと災厄だけが残された。

――おのれは屋根で罪を犯した。ならば屋根の神になれ――

金屋子姫の呪詛が聞こえる。

――そして生涯、おのれ自身で生け贄を選び続けるがいい――

魂が焼かれるようなその声に、春菜は心臓を錐《きり》でひと突きされた気がした。

許してくれ。いっそ俺を殺してくれ。

幣を振りながら男の心は泣いている。鉄面皮の下で和魂と荒魂がせめぎ合い、魂が千々に乱れる。なぜ俺が、なぜ俺だけが不幸になるのだ。怨む心は怨霊と化し、女を想った人の心は、辛《つら》すぎてもはや立ちゆかない。一人殺すごとに和魂は穢れて鎖を生んで、懺悔《ざんげ》の念にズタズタになる。許してくれ。俺一人では背負いきれない。罪なき者を生け贄にするのはこりごりだ。それよりいっそ殺してくれ。男は自殺を試みる。何度も、何度も。けれど神は許してくれない。なにをやっても死ねないのだ。二度と日の目を見ずにいるから。それでも神の怒りは消えない。男はついに子孫を差し出す。屋根の上で幣を振り、神として家を曳く者。その生涯を厄年までとし、犯した罪を浄化で支払う。

借金はあまりに多く、何代経とうが返しきれない。けれど今、金屋子神が恩恵を与えたたたらは滅び、神も力を失って、因縁の来歴が明かされた。

「はっ！」

水から上がったように春菜は息を吸い込んだ。

体は床に寝かされていて、心配そうに棟梁が見ている。

今見たビジョンを話そうとして、春菜は、自分の上着の襟元が大きく開かれているのに気がついた。棟梁がその場所に手ぬぐいを押しつけている。

「え、なんで、どうして」

しまった、棟梁に痣を見られた。咄嗟に春菜はそう思う。

焦りと恥ずかしさで上体を起こすと、棟梁は恐ろしい顔で春菜を睨《にら》んだ。痣に押しつけていた手ぬぐいが血で真っ赤になっている。春菜の服も血まみれだ。

「姉さん、あんた、大丈夫……のようだねぇ」

棟梁は片眉を上げてそう言った。オオヤビコが契約の印に刻んだ痣が、またも血を吹き出したのだ。今さらのように春菜は襟元を掻き合わせ、棟梁から痣を隠した。

「なんだい、え？　その妙ちくりんな痣は。あんたいったい、いつからそれを」

棟梁が訊く。どれくらい意識を失っていたか知らないが、玄関のほうで滝沢が戻ってくる音がしたので、ほんの数分のことだろう。

「オオヤビコが家に来たとき。気がついたら痣になっていて」

滝沢にまで詮索されるのは厭だと立ち上がる。不思議なことに、服をベッタリ汚していた血はいつの間にか消え、棟梁の手ぬぐいも、ただ水で濡らしただけになっている。

「驚いたねえ」

と、棟梁は言って、滝沢が戻る気配の先を見た。

「突然バッタリ倒れたんでね、どこか怪我したのかと思いましたよ。すぐ血だらけになって鼻血は出すわ、口から血を吐くわ……驚いてこっちが死ぬとこだったよ」

そう言うと棟梁は、しみじみと春菜を見つめて苦笑した。

「血を吐くような目に遭って、どうしてすぐに戻らなかったんです？」

「サニワのせいだとわかっていたから」

「それでも痛みは感じたでしょうが」

「感じたけど、知るチャンスだし。金屋子の鎖が導師に絡みつく夢を見たとき、閃いたんです。いっそ奈落の底まで行って、下から鎖を支えたい。そうすれば鎖が沈んでいくのを止められるのにって」

「はあ、まったく」

棟梁は人差し指で鼻の下をこすった。

「血を吐くぐらいはへっちゃらです。怖いのは、なすすべもなく仙龍を失うこと。そんなの、絶対、許せない」

「姉さんも筋金入りの強情っ張りだねえ。いや呆れたよ」

褒められたのだ、と、春菜は理解することにした。

「心配させてすみません。吉備津神社でも同じようなことがあったけど、すぐ消えたので、大丈夫なんです」

「そんなら血は姉さんじゃなく、オオヤビコが流したものなんでしょうよ」

「きっとそうだと思います。サニワが相手の苦しみを、私の体で再現したんです」

それがたぶんサニワの正体だ。想いがつながって幻を見せるのだ。

パタパタと、スリッパの音が近づいてくる。何を見たのかすぐにでも話したかったが、役所の滝沢は部外者であり、隠温羅流とも関係がないので口をつぐんだ。

「事務所で御神酒をもらってきました」

「おう。悪かったねえ」

と、棟梁は笑った。滝沢が持ち帰った瓶子を合わせ、三方を捧げて二階へ向かう。あの部屋には二度と近寄りたくないのだろう。滝沢は一階でモジモジしている。

「兄さんはここにいたほうがいいですよ。怖がると余計に寄り憑きますんでね、終わるまでは執務室へ行かないのが賢明です。そこで待っててておくんなさい」

「そう確信を持って言われると、ますます怖くなってきますね」

滝沢は身震いをした。彼だけを一階に残して、春菜たちは階段を上がる。

執務室へ入ると、書棚はすっかり元の位置に戻されていた。

背板のない上部の棚に三方を置き、棟梁が一歩下がって柏手を打つ。増田も井之上もそれに倣《なら》って、全員で深く一礼したのち、

「とりあえずはこれで……とにかく外へ出ましょうや」

重々しい声で棟梁が言った。増田が慌てて窓を閉め、仙龍が最後に部屋を出る。その先は誰も、一言も喋らずに、二階の廊下の窓を閉め、一階に下りて玄関を出るとき、滝沢はちゃっかりと、みんなの真ん中に混じっていた。

「鍵をしていただいていいですよ」

仙龍が言うと、滝沢が即座に施錠した。

一同が再び向かい合ったのは、社員用駐車場へ戻ってからだ。増田はすぐにでも吉凶を

知りたがったが、棟梁はその場で判断を下そうとはしなかった。

「魔除けのお札が大量に貼ってあったしねえ」

とだけ言うと、増田も腕組みをして首のあたりを掻いた。

「そうですなあ……さすがにあれがあっちゃねえ」

事情を知らず、キョロキョロとみんなの顔色を窺っている滝沢に仙龍が言った。

「設計士が言うように書棚の裏が隠し扉で、屋根裏へ上がれるようになっているのでしょう。ただ、何が封印されているのかわからないので、迂闊に開けるのも拙い」

（封印されているのは蟲よ）と春菜は思ったが、黙っていた。

「持ち主が怖がっていたのもそれでしょう。屋根神と言ったんですね？」

「そうです。『ヤネガミ』と言っていました」

滝沢は頷いた。

「持ち主の婆《ばあ》さんは、どういう謂《い》われのものか話そうとはしねえんでしたね？」

「話してくれるかもしれませんけれど、訊いたことはありません」

「さあてね……」

棟梁は仙龍と視線を交わす。

「公にできねえ神なのかもな。だから神棚も設えねえで、書棚に神具を置いていた。人の出入りが多くて活気にあふれ、制御する者がいた時代はともかく、今じゃ空気も濁っちまって、住人も施設へ行って、風や光も来なくなり……そうなると、消えていく神と増幅する神がいましてね、ここは後者だったのかもしれねえなあ」

「御霊みたいなものかしら」

と、春菜が訊く。怨みを抱えて死んだ祟り神のことである。

「可能性は、ありやすね。御霊の力は恨《うら》み辛《つら》みによるもんで、突然信仰を止めちゃっちゃ危険なんだよ。可哀想《かわいそう》に、なにも知らない課長さんが扉に気付いて迂闊に開けて、瘴気に当たったってことなんでしょう」

「……課長はやっぱり何かの祟りで死んだんですか？」

と、滝沢が訊く。

「ま、祟りなんて言っちまうとおぞましいけど、そういうことはままあって、死因を詳しく調べていけば、正体は黒カビだったり、風土病だったりするわけでねえ」

「風土病の正体も線虫だったり、寄生虫のこともあるんすよ」

コーイチがヘラリと言った。

「ここの場合だと黒カビとかになるんですかね」

増田は首を傾げている。

「え、どういうことです、よくわからない。祟りだけどカビなんですか？」

と、滝沢が訊く。

「カビだけど祟りなんすよ」

コーイチが補足したが、滝沢は要領を得ないようだった。

「カビで体に穴が空きますか？　そんなことないでしょ、いや、あるのかな。新種のカビとか……ぼくたちも部屋に入ったけど、大丈夫なんですか」

「大抵の場合は風呂で体を清めてね、流しておけば大丈夫でさあ」

苦笑しながら棟梁が言う。

「とりあえずは盛り塩と水と御神酒で鎮めてますけど、お札も剝がれかけているんで、部屋には近寄らねえことです」

「いや、仕事もあるし、そういうわけには――」

増田は困った顔をした。

「――お札を貼り直してもらうわけにはいきませんかね」

「増田さん、その場合は随意契約でお願いします。今回、うちは無理なので」

と、井之上が横から言った。

「弊社はまだこの物件に絡むかどうかわかりませんしね」

「そうですなあ……」

増田は滝沢を振り返り、

「そういうのはきちんとやったほうがいいよ」と言った。

「すでに課長が亡くなってるし、悪い噂が立ってもいけないから」

「わかりました」

滝沢は仙龍の名刺を出して確認している。

「滝沢くんはこういう物件が初めてだから、ぼくから係長に話しておくよ。あとで棟梁から見積をもらって」

「よろしくお願いします」

と、滝沢が棟梁に頭を下げると、井之上はホッとしたようだった。

「よかった。じゃあそういうことで、あとは鐘鋳建設さんと滝沢さんのほうで直接話をしていただけたら」

「うちは曳家で、神主じゃねえからお祓《はら》いはやらねえんですよ？ そういうのを頼みたいなら神社を紹介しますがね、こっちまで来てもらってご祈禱をお願いすると、だいたい十五万前後ってところでしょうかねえ」

棟梁が滝沢に言う。

「え、そんなにするんですか？ どうやって予算を捻出《ねんしゅつ》したら」

滝沢は増田に訊いた。

「だから随意契約で。ご祈禱料で通るだろ？ 課長に……」

そして増田は頭を掻いた。その課長は亡くなったばかりである。

困り顔の二人に助け船を出したのは仙龍だった。

「うちで見積を出して九頭龍《くずりゅう》神社につないでもいいですが、何が封印されているのかわからないことには対策ができません」

「まったくだねえ」

と、棟梁も言う。

「お祓いお祓いと言いますけどね、あの様子を見る限り、簡単に祓えるもんとは違う気がしますがね？　神主さんだってお札を貼って、さあ終わりってわけには行かねえでしょうよ。場合によっちゃ命がけのことだってある。十五万じゃ割に合わねえかもしれねえ」

滝沢は困って泣きそうな顔をしている。

「滝沢さん。持ち主の女性から話を聞くことはできないのでしょうか」

それを見かねて春菜が訊く。

よほど恐《こわ》い思いをしたのだろう。滝沢はすがるように仙龍の名刺を握りしめた。

「総子さんから、ですか？　……できなくはないけど」

「私が会ってもよろしいようなら、代わりに話を聞きますけれど」

すると滝沢は嬉しそうに言った。

「もちろんです」

春菜は井之上の顔を見た。

「これから総子さんに会って屋根神の話を聞くのはどうですか」

井之上は眉をひそめたが、滝沢や増田の期待を込めた顔にため息を吐いた。

「うーん……まあ……増田さんたちにはお世話になっているしなあ」

「ありがとうございます！　じゃ、さっそく施設へ問い合わせてみます」

滝沢はそそくさとスマホを出すと、春菜たちに背中を向けて電話を始めた。

「申し訳ないねえ、井之上さん」

と、棟梁が笑う。

「あっしらもね、なにか手がかりがあるってんなら『縛り』の準備もできますが、迂闊に触って穴だらけにされるのはご免だ」

「我々も同様ですわ。課長がどうして亡くなったのか、事情がわかるまで調査を進められないし、でも、予算は通さなきゃならんしね」

「長坂先生はどう仰っているんです？」

井之上が訊くと、増田は困った顔をした。

「日曜にちょっと顔を出してたようですが、真っ青だったと言ってましたよ？　現場検証に滝沢くんが立ち会っていて、そのときに根掘り葉掘り聞かれたみたいでしたが、その後は連絡していません。ちょうど仙龍さんたちが来てくれたので、私がこれから連絡しますが、さて、どう話をすればいいのか」

「うちの名前は出さないでくださいよ」

井之上が念を押す。そうこうしているうちに滝沢が電話を終えた。

「総子さんと会えるそうです」

「じゃあね、滝沢くんが井之上さんたちをご案内して」

「なら、弊社の車で行きましょう。帰りは役所へお送りします」

いいですかと訊くように、滝沢は増田の顔を見た。

「悪いですなあ。じゃ、私は一度役所へ戻って、課長のご自宅へ行ってこないとなりませんので……棟梁、仙龍さん、よろしくお願いします」

増田は二人に頭を下げると、滝沢を置いて車へ戻った。エンジンを掛ける音がした頃にコーイチが戻ってこう言った。

「春菜さん、いま俺の大学の先生から電話があって、『飛龍』の号について面白いことがわかったって。なんか、セキュリティ面からデータでのやりとりは難しいっていうんで、同業の小林センセのところへファックス送ってくれるように頼んだんですけど」

「ホント？　でも、こっちはこれから娘さんの施設へ」

「屋根神の話を聞きに言ってくれるそうだ」

仙龍がコーイチに言った。

「だから教授のところへは俺たちで行こう。あとから連絡を取り合えばいい」

「そうっすね。教授は午後になったら資料館へ戻るそうなんで、じゃ、そのとき向こうで会いますか？」

春菜は井之上を振り返ったが、井之上は本日の予定をすっかり諦めたというように苦笑している。コーイチの提案を呑んだのだなと春菜は思った。

「わかったわ。じゃあ、午後に小林教授のところで」

「流れがつくってぇのはこういうことだ。トントン拍子に話が進むのは、物事が正しい方向を向いているってことでさあ」

棟梁は叩いた手を擦り合わせ、誰よりも先に車へ戻った。

仙龍とコーイチがそれに続くと、春菜も滝沢と井之上について車へ戻った。

駐車場を囲む塀の向こうで、巨大な庭木がわさわさと枝を揺らしていた。

其の五

ハヤリガミを連れ帰る

坂崎総子が暮らす介護医療院『かがやきの家』は、坂崎製糸場から車で十分足らずの高台にあるというので、春菜たちは井之上が運転する車で現地へ向かった。

滝沢によれば、坂崎氏の娘さんと言ってもすでに九十歳。心臓に疾患を抱えているものの、矍鑠《かくしゃく》とした老婦人であるという。

「そういうことって、あるんですかねぇ」

助手席の滝沢は、車が坂崎製糸場の敷地を出ると、誰にともなくそう訊いた。

「そういうことって?」

と、井之上が言う。

「いや……だから……」

「祟りとかですか?」

後部座席から春菜が問うと、滝沢は振り返り気味に頷いた。

「よほどショックだったんですね」

同情して春菜が言う。

滝沢は「ああ……」と天井に向けてため息を吐き、「参ったなあ」と呟いた。

「その、課長さんを見つけたときは、どういう状況だったんですか」

井之上が水を向けると、滝沢は手の甲で額を拭った。

「ぼくは一階を見てたんですけど、大切そうな品もけっこう残されていて、後から何か言われるのもイヤだと思ったので、二人ひと組で調査したほうがいいんじゃないかと、ちょっと思っていたんです」

「もう片付けをしてたんですか？」

「いえ。片付けの前段階として写真を撮ったり、そのあと作戦を立てる予定だったんですが、二手に分かれたほうが効率いいと課長が言うので、ぼくは一階を、課長が二階を担当したんです。一階部分は荷物が多くて時間がかかって、気がついたら四時を過ぎて、急に寒くなってきて……課長の様子を見に行ったら、床に倒れていたわけで」

「亡くなってどのくらい経っていたのかな」

と、井之上が呟く。滝沢も首を傾げた。

「警察にも訊かれましたが、物音がしていたとかも覚えてないです。でも、課長を起こそうとしたときは、体がまだ温かかったですけどね」

「倒れたばっかりだったのね」

春菜が言うと、滝沢は首を傾げてうなじを揉《も》んだ。

「そのときまでは、ぼくも冷静だったんですよ。すぐ救急車を呼ぼうとか、心臓マッサージをしようとか、考えてはいたんですけど、課長の顔を見たら頭が真っ白になってしまって……腰は抜けちゃうし、廊下は這《は》って戻ったし、階段も転がり落ちるしで……外に出て叫んでいるのを事務所の人が聞きつけて」

「警察を呼んだ？」

井之上が訊く。

「そこからはもう、よく覚えていないんです」

情けなさそうに滝沢は言った。

「坂崎製糸場の人たちが駆けつけてくれたってことなのね？」

春菜は顎《あご》に手を置いた。

「警察がいたのは覚えているけど、救急車は、来てたのかなあ。ホントになにも覚えていなくて。警察に事情を訊かれたとき、ぼくは事務所にいたんですよね。そうはいっても、課長が倒れてからしか見てないし、何があったかわからないんです」

「気がついたら亡くなっていたっていうのは怖いよなあ……下にいて不審な物音とかはなかったんですか？」

滝沢は井之上の顔を見た。

「不審な物音というか……」

「あったんですか？」

と、春菜が訊く。すると滝沢はこう言った。

「急に冷房が効いたような気がしたことはしたんです。あれ？　と思って、課長がどこかいじったのかなと。でも、そのときぼくがいたのは広縁で、冷房設備はないんですよね。不思議ですけど、息が白くなるほど寒かったです。ゾーッとするほど」

春菜も背筋が寒くなった。心霊現象の予兆で急激に気温が下がることがある。春菜も井之上も経験済みだ。滝沢は言う。

「そしたらあんな死に方でしょう？　普通じゃないから」

どう普通ではないのかは、詳しく語ろうとしなかった。

「本当にお気の毒です。課長さんはどんな方だったんですか」

春菜が会話の矛先をずらすと、滝沢は苦笑したようだった。

「……ヤな奴でしたよ」

聞き違いかと思ったが、彼はそのまま外を見ている。車は一度市街地へ出てから、再び坂道を上っていった。道の左右は傾斜のついた木立であり、しばらく走ると『介護医療院かがやきの家：この先一キロ』と書かれた看板を通り過ぎた。

「もうすぐですね」

と井之上が言う。

ヤな奴でしたと言った滝沢の声が実感を伴っていただけに、会話の持っていき方がわからなくなったのだろう。春菜はもっと話を聞きたかったが、前方に建物が見えてきたので黙った。間もなく車は介護医療院の駐車場に到着した。

病院のような施設だった。外観は四角く、白とピンクが基調の壁に、桜を模《も》したロゴマークがついている。エンジンを切ると滝沢がまっ先に車を降りて、井之上と春菜を連れてエントランスへ向かった。入口近くに複数台の車椅子があり、来院者は下駄箱に靴を入れ院内に入る仕様になっていた。広いロビーも病院のそれに近くて、無駄な装飾がほとどない。代表で滝沢が受付を済ませ、あとは勝手に廊下を進む。

談話室の外は無機質な駐車場だが、建物との間に白樺《しらかば》やツツジが植えられてスクリーンの役目を担っていた。シンプルながらセンスのいい設計だ。

「総子さんは二階の特別室です。角部屋で、正面に虚空蔵山《こくぞうさん》が見えます」

亡くなった課長のことにはもう触れず、滝沢は階段を上がっていく。そして踊り場で歩調をゆるめてこう言った。

「今朝は執務室しか見てもらいませんでしたけど、邸宅とくっついている撰繭場兼繭倉庫にも、何かいそうな気がするんですよね」

井之上は立ち止まり、春菜も階段の途中から滝沢を見上げた。

「何かとは?」

井之上が訊く。

「いえ……わかりませんけど」

「何がいると思うんですか？」

春菜の問いかけに滝沢は答えた。

「倉庫は電気が点かないし、窓も小さくて真っ暗で……でも、何かはいるんです」

「蟲ですか？」

「さあ」

滝沢は頭を振った。

「どうして『いる』とわかるんですか」

「音がするんですよ」

「どんな？」

滝沢は聞こえた音を思い起こそうとするように首を傾げた。

「ジクジク……ちょっと違うな、ジワジワ、でもないし……」

「カサカサ？」

「違います。ウジウジ、ジリジリ、うーん」

「もしかして、ジミジミですか？」

「あ、近いです……ラップを丸めてつぶしているような、電気ポットのお湯が沸くときみたいな……うまく表現できないなあ。アーキテクツさんのほうで総子さんに訊いてみてもらえませんか。ぼくはちょっと……あんなことがある前だったら平気で話ができたんですけど、ちょっともう、二度とあそこへ行きたくないけど正体を知らないほうが怖いというか、知って安心したいというか、ネズミだったとか、イタチだとかハクビシンとかね」

「わかります。恐怖映画を観るのは怖いけど、怖いから最後まで観ちゃうみたいな」

「そんな感じです」

滝沢は真剣な顔で言う。

「総子さんには、課長が亡くなったことは黙っていてくださいね。ショックを受けるといけないので、話すにしてもここの職員を通したほうがいいと思うんです」

「そうですね。もちろんです。こちらから怖がらせるようなことは言いません」

春菜が答えると、滝沢はまた階段を上りはじめた。

頼んだぞと言うように井之上が目配せし、春菜は無言で頷いた。

坂崎総子は輝くような白髪に濃いブルーのセーターがよく似合うお洒落《しゃれ》な女性だった。セーターに合わせたのは白のパンツで、襟元にバラ色のスカーフを結んでいる。滝沢が部屋をノックしたとき「どうぞ」と応《こた》えたその声は凛《りん》として張りがあり、一緒にいる職員の声かと思うほどだった。高価そうな角部屋は大きな窓から山並みが望め、八畳ほどの室内はベッドとデスクとテーブルと、二人掛けのソファがあった。車椅子はなく、春菜たちが部屋に入ったとき、婦人は窓から駐車場を見下ろしていたようだった。

「総子さん。突然すみません」

滝沢はそう言って、ドアの前で井之上と春菜を紹介した。

「こちらは広告代理店の人たちで、いま一緒にお屋敷を見てきたんですけど、総子さんから聞きたいことがあるそうで」

井之上と春菜はそれぞれに名刺を出した。

「お待ちになって」

そう言うと、総子は優雅な仕草でメガネを掛けた。

「目が悪くなってしまって、メガネがないと、ほとんどなにも見えないのよ」

それでは窓辺で何を見ていたのだろうと思いながら、春菜は井之上に続いて名刺を出した。彼女は名刺を受け取ると、矯《た》めつ眇《すが》めつ、

「文化施設事業部の方々なのね」

と言った。

「古い建物を公開したり、展示したりのプロなんですよ」

滝沢が補足する。

「ロビーは人が多いから、狭いけれど、このお部屋でよろしい？」

二人掛けソファを春菜と井之上に勧めると、老女はベッドに腰を下ろした。

滝沢の定位置は決まっているらしく、デスクの椅子を引いて勝手に座った。彼女は名刺

を枕の上に載せ、両手の指をもみほぐす。

「建物はどうなりそう？」

質問は滝沢に向けたもののようだった。

「まだこれから調査に入るので……でも、学者さんの話では、あの場所にあれらの建物がまとまって残っていることに価値があるらしいです」

「移築しないで済みそうかしら」

「どうだろう。会社からは移築してほしいと言われていて」

「そうよね」

ため息のように言った。

「でも、お屋敷はともかく、撰繭場兼繭倉庫のほうは壊してしまうと再生が難しいと思うんですよ。似たようなものを造るにしても、もう法律が変わっているので」

「そうよね」

と、総子はまた言った。滝沢の目が春菜に向く。春菜は老女のほうへ前屈《まえかが》みになった。

「お屋敷の屋根が特徴的ですね」

メガネの奥で総子は垂れ下がった瞼を動かした。キリリと結んだ口といい、まだ女性の地位が低かった時代の女校長先生か女医さんを思わせた。春菜は言う。

「文化施設事業部では民俗学的な見地から関わる案件のデータを残しているんです。あのお屋敷に屋根神が祀られていると聞いたんですが」

するど彼女はこう言った。

「設計の先生からお聞きになったの？」

春菜は驚いて井之上を見た。井之上も意外だという顔をしている。

「設計の先生って、長坂建築設計事務所の長坂先生ですか？」

「ごめんなさい、名前は忘れてしまったわ。ギョロリと目が大きくて、四角い顔をした方よ。イタリア製のシャツを着ていたわ」

間違いなく長坂だ。

「長坂先生に会ったんですね？　ここへ来た？」

夫人は静かに頷いた。

「建物を寄贈したいとお伝えしてすぐに、お一人で見えました。あなた方と同じように、聞きたいことがあるからと」

「そのとき、どんなお話を？」

井之上が訊く。

「建てた大工《だいく》の名前とか、竣工の年とか、あとは、そうね、どんなふうに使っていたか」

井之上と春菜は顔を見合わせた。

「建物の価値を知りたかったのかな」

井之上が呟き、春菜は答えた。

「学習したんじゃないですか?」

本当は、さらにこう言ってやりたかった。少なくとも因縁物件かどうかの事前調査が必要だと思うくらいには。それを裏付けるように婦人が続ける。

「それと、家に祀っているものはないかって」

そしてきゅっと唇を結んだ。

「どうしてそんなことをお訊きになるの? と言ったらば、屋敷神のようなものを祀っている場合は失礼に当たらないようにするためだって」

ほら、やっぱり。と春菜は思ったが、クライアントの前で長坂を貶《けな》すわけにはいかない。心根はさておき長坂は優秀な設計士なのだ。言葉を探していると、滝沢が訊いた。

「総子さん、前に話してくれましたよね? 家を建てる前にお父さんがハヤリガミを持ち帰っていて、それをお屋敷にお祀りしたって。お屋敷には屋根神さんがおられると」

震えるような音を立て、総子は空気を吸い込んだ。具合が悪くなったのだろうかと心配になるほどだった。けれど、はっきりとした口調で言った。

「設計の先生にもお話ししましたよ? あの家には屋根神がいるんですって。その神様のおかげがあって、父は会社を大きくしたんです」

「その神様はどこに?」

春菜が訊くと、

「屋根裏よ」

と、彼女は答えた。

「どうして屋根裏？　普通は、家族を見守ってくれるところにお祀りするんじゃ」

総子と春菜は目が合った。彼女はメガネの奥で目を細め、じっと春菜を見つめてから、またも大きなため息を吐いた。祈るかのように両手を合わせ、何度か指を組み直してから、その手を自分の太ももに置いた。

「名古屋あたりの屋根神とは違うものですか？」

春菜がまた訊くと、頷いた。

「たぶん違うんじゃないかしら。すごい御利益の神様なのよ」

それはどういう意味だろうと、一同は視線を交わす。

「だから建物は動かせないの。父が私に屋敷を残したのも、屋根神様をお守りするためだったのだけど、私はこんなに歳《とし》を取り、兄弟は死んでしまったし、甥たちは信心する気がないみたい……気味が悪いと思っているのよ。だから屋敷を移築したいの。怖いから」

「どう怖いんですか……」

滝沢が怯えた声を出す。

彼だけでなく、春菜も、井之上も、死んだ課長のことを考えていた。

「そうよ。燃やしてしまえばいいんだわ」

突然、総子はそう言った。

「屋敷を残せないのなら、いっそ燃やしてしまったほうが」

「まさか、それは無理でしょう。冗談でもそんなことは仰らないほうが」

と、井之上が言う。

「敷地内には文化財がありますし、解体するならともかく燃やすというのは」

「解体はできないのよ。アレが出てしまうから」

「お話ししていただけませんか。もしかしたら私たちでお役に立てるかもしれません」

「アーキテクツさんはいろいろな建物からオバケを追い出すプロなんですよ」

いや、それは違うと思ったが、春菜は黙っていた。

「宅のはオバケではなく神様よ」

総子が言う。

「神様です。けれども怖い神様です」

「どんな神様なんですか」

「心根の正しくない者が近づくと死ぬんです」

滝沢は驚き、首を竦めて二の腕をさすった。

「最初の頃は父が社長室に隠して祀っていました。私の父は神様が好きで、仕事で遠くへ行くたびに、そこの神様を連れ帰るんです。ハヤリガミの噂を聞けばわざわざ拝みに行ったりして。ですから昔は屋敷の庭に得体の知れない石像や祠がたくさんあって」

春菜は似たような話を知っていた。長野市の外れの山村で、庄屋《しょうや》の家がやはり敷地内に多くの神を祀っていた。その家も商売をしていたから、昔はそれが普通だったのかもしれない。

「それらは父が死んでから私が全部処分しました。浅ましいと思って。でも、ヤネガミだけは……」

総子は天井を見上げて目を閉じた。

「力のある神様で、それで会社が栄えたわけですし……」

はあ。と息を吐いてから、

「見たんです」

と、彼女は言った。

「子供の頃、屋敷に泥棒が入ったの。従業員でした。経理担当の」

春菜は黙っていたが、井之上が訊いた。

「何か盗まれたんですか？」

「なにも。その人は死んだんです。体中が穴だらけになって」

ざわりと空気が蠢いたのは、春菜も井之上も滝沢も鳥肌が立ったからだった。

おそらく井之上も思い出したのだと思う。執務室には風呂敷に載せられた書籍があった。三方金を施した希少本である。ほかには小さな化粧箱。あの部屋では、亡くなった課長がひとりで作業をしていた。滝沢は彼を『ヤな奴』と呼び、邸宅内に残されている備品の整理はまだ始まっていなかった。金庫の扉は開いていて、中は空っぽ。重い書棚は動かされ、隠し扉を開けようとした跡があり、強欲な長坂はお宝物件の仕事を、始める前からアーキテクツに振ってきた。

「穴だらけ……って？」

と、春菜が呟く。総子は頷いた。

「全身を蟲に喰い散らかされていたんです。顔も手も足も、体中に小さな穴が、それこそ数え切れないほど空いて死んだのよ。ヤネガミの仕業です。父がそう言っていました。大きな富をもたらすけれど、心根のよくない者は食い殺すのだと。その人は金庫の前で死んでいました。惨《むご》たらしい有様《ありさま》だったので、見つけた者は寝込んでしまいました。父はあまり公にせず、罪を問うこともなく、葬式もうちで出したんです。父はヤネガミを信仰していましたけれど、あれを見てから恐れるようになりました。決して儲けを独り占めにしなかったのも、社員が使える部屋を作って奉仕したり、文化人を援助したり、神社仏閣や病院に寄付したのも、ヤネガミを恐れたからなのよ」

「屋根神はどこから来たんですか」

訊くと彼女は曖昧に頭を振った。

「誰も知らないんです。前の社長室から屋敷へ持ってきたときも、見れば目が潰れるなんて脅かされ――」

神を『持ってきた』と表現する。春菜はそこに違和感を覚えた。

「――恐ろしくて近づくこともしなかったんですけれど……」

「執務室の書棚の後ろに隠し扉がありますね？　魔除けのお札が貼ってある」

「ここへ来るとき、わたくしが貼ったのよ。もうお祀りすることができないから、アレが外に出ないよう」

「中はどうなっているんですか」

総子は春菜をじっと見た。指先が白くなるほど手を握りしめている。

「階段があって、屋根裏へ……私……」

そしてまた宙を仰いだ。

「どうしても好奇心に勝てなくて、父が亡くなってずいぶんしてから、ヤネガミを見に行ったんです。炊事棟のコックにお願いをして、書棚をずらしてもらったの……」

今も元気でいるわけだから、彼女は邪《よこしま》ではなかったのだろう。春菜は想像で老婦人に同道し、壁の裏側の埃やカビの臭いを嗅いだ。井之上も、滝沢も、無言で彼女が先を話すのを待っている。窓から射し込む光が白髪に当たって、皺の寄った肌を照らしている。しなびてはいるけれど、シミひとつないきれいな肌だ。

「話してください。屋根裏には何があったんですか？」

「鏡と、箱です」

と彼女は言って、自分の体の幅くらいに腕を広げた。

「古い白木の箱でした。表に鷹《たか》の爪《つめ》のような焼き印が押してある」

春菜はぐらりと視界が動いた気がした。

「爪は何本ありましたか」

「三本よ。真ん中に梵字《ぼんじ》が入っていました。でも、それだけじゃないの。ほんとうに怖かったのは、鏡よ」

首を竦めて空気を吸い込み、彼女は言った。

「壁も天井も、床までも、全部に鏡が貼られていたの。それを見たらもう、怖くて屋根裏には立てませんでした。階段の上から覗いただけで……思い出すだけで」

気味が悪くて、と、老女は揃えた指で口を覆った。

「どうして鏡を貼ったんでしょう」

「わかりません。作ったのは父ですけれど、すでに亡くなっていましたから。でも、そのとき気がついたんです。会社の経営は私ではなく兄弟たちがやっていました。私も株主ですけれど、配当金は微々たるもので父のような財力はなく、浄財を寄付することも、社員のみなさんに貢献することもできません。そんな私をヤネガミ様はお怒りになるのではないかって」

「ご兄弟はどう考えていたんでしょう。ご家族は信仰を持っていなかったんですか？」

「怖いから拝んでいただけだと思います。私もそうでしたけど。だって、泥棒に入った人がどうなったのか、みんな知っていましたし」

「お祀りの仕来りのようなものはあったんでしょうか」

箱に因があったなら、その神は隠温羅流が封印したのだ。坂崎製糸場の来歴からして、明治期に上田で曳家を始めた正十郎が関わったのかもしれない。坂崎家のヤネガミの正体は何で、箱の中身は何だろう。春菜が想起したのは『犬神』だった。犬神は憑物《つきもの》で、信仰する一族は代々箱に納めた動物の死骸を引き継いで、タンスの奥などに置いて使役するのだ。

「お水は毎朝。会社で何事かある日は御神酒を上げて、あとはお部屋の窓を開け、家族の無事と家業の繁盛を願っていました。でも……そうね」

老婦人は合掌するように手を合わせ、

「家の神様だから火を嫌うと父から聞いた気がします。だからあの部屋では煙草を吸ってはならない決まりでしたわ」

「やっぱり秋葉社や津島社を祀った屋根神とは違うのかなあ」

井之上が言うと、老女は顔を上げ、

「一般的な屋根神とは字が違うのよ。もっと難しい字だったわ」

「どんな字ですか」

彼女は首を左右に振った。

「書けないの。画数の多い複雑な字よ。旧字体だったのかもしれませんけど」

「扉を封印しないと何が出てくると思ったんですか」

「ヤネガミは蟲なのよ」

予測どおりの返答に春菜は全身総毛立ち、そしてたちまちビジョンが浮かんだ。

屋根裏から湧き出す蟲は建物の全体に及び、侵入してくる邪悪なものを待ち構え、不埒《ふらち》な行いを見つければ襲うのではないか。その者は肉を食い荒らされて穴だらけの屍《しかばね》になる。今になってまた犠牲者が出たと知ったなら、彼女はどう思うだろう。邸宅を移築できないなら焼いてほしいと言った理由がよくわかる。

「その神を封じる方法について、お父様は何か伝えていませんでしたか？」

「もしもそれを聞いていたなら、あなたに迷惑をかけたりしないわ」

春菜は老女のほうへ体を傾けた。

「迷惑だなんて言わないでください。坂崎家がどれほど地域に貢献したか、滝沢さんたちから伺いました。製糸場も拝見して感動してきたところです。ご先祖の歴史と功績は正しく伝えていかないと」

「あなた……高沢さんと仰ったわね」

老女は春菜の名刺を手にすると、「ありがとう」と、頭を下げた。


施設を出て駐車場へ戻ってから、春菜は滝沢にこう言った。

「申し訳ありませんけど、今から撰繭場兼繭倉庫を見られませんか」

「え……」

助手席に乗り込もうとしていた滝沢は、ギョッとして春菜を見た。

「ほんの数分でいいんです。滝沢さんが言うように、倉庫に何かいるのか知りたくて」

「いますってば。それがヤネガミで、課長を殺したヤツですよ」

「課長さんは問題のあるタイプだったんですか？」

運転席側に立って井之上が訊くと、滝沢は難しい顔をして頷いた。

「死んだ人をあれこれ言うのも厭だから黙っていたけど、課長に借金を踏み倒された人なんかたくさんいますよ。もう返ってきませんけどね」

春菜は井之上と顔を見合わせ、もう一度頼んだ。

「滝沢さんは中に入らなくていいので。お願いします。確かめたいんです」

「なにを、ですか？　真っ暗でなにもないですよ。それに、どうするんですか、もしも本当に何かがいたら」

「正体がわかればそれでいいし、わからなかったら……」

どうするのだろうと、春菜は自分自身に訊ねた。

「わからなかったら、それでもいいので」

滝沢は無言で車に乗ると、シートベルトを締めながら、

「少しだけですよ」

と呟いた。

「ありがとうございます」

三人は再び坂崎製糸場の社員用駐車場へ乗りつけた。


時刻は正午過ぎである。朝は天気がよかったものの、少し前から雲が走って、車を降りる頃には強い風が吹き付けていた。塀の奥にあるケヤキの枝がぼうぼうと揺れ、山際から黒雲が追いかけてくる。

「降りそうですね」

と言いながら、井之上は風に負けない力でドアを閉めた。

後部座席から春菜も降り、三人揃って通用口から敷地内へ入る。さっきと同じルートを

走って、今度は屋敷の玄関ではなく、長い鉤の手部分にある撰繭場兼繭倉庫の扉の前に立つ。改めてよく見ると窓らしい窓はどこにもない。天井に近い部分に細長い明かり取り用の窓が並んでいるだけだ。扉は鉄で、両開きの引き戸タイプだ。壁は白く塗ってあり、一階部分の庇はトタンであった。

滝沢はポケットから鍵を出し、錆《さ》びた扉に掛かっている錠前を外した。

キイーイ……ガラ……ガラガラ……ガラ……。

片方の扉だけ横に開けると、敷居の奥は土間だった。冷気とともに土の臭いが漏れ出して、同時に鳩の糞のような臭気も感じた。内部の空気は淀んで重く、煮こごりのように時が固まっているようだった。遠くで雷の音がする。ポツ、ポツ、と、トタンに雨が跳ね返る。最初に春菜が、次いで井之上と滝沢が、敷居を跨《また》いで三和土を踏んだ。

「広いのね。奥が見えない」

光源は扉の外から入る明かりと、小さな窓から射し込む光だけである。細長い土間は片側に繭を置く棚があり、それが奥まで続いている。数メートルより先は窓の光が見えるだけ。中央あたりに急な階段があり、上の階へ行けるらしい。

「繭の選別場と保管庫で、上まで同じ造りのようです」

滝沢が言う。湿った風が吹き込んで、雨の匂いが漂ってきた。

「ちょっと、奥まで見てきます」

春菜は二人を振り返り、

「滝沢さんはそこにいてください。部局長も」

と、片手を挙げた。スマホのライトを点けもせず、そろそろと土間を進んで行く。横長で幅の狭い格子窓の明かりが畳ほどもある棚に射しているため、それ以外の場所が余計に暗く感じる。天井に裸電球が下がっていたが、壊れて電気が点かないらしい。

「どのくらい広いんですかね」

などと、後ろで井之上の声がする。

「奥行きはあまりないですが、敷地で百坪以上、延床面積は六百坪を超えるみたいです」

「それじゃあ移築もしたくなるよなあ」

井之上の声を聞きながら階段の下まで春菜は進んだ。見上げると、数段目より上は真っ暗だ。雨の匂いが強くなり、トタンが激しく鳴り出した。

「滝沢さん、この階段は上っても大丈夫ですか？」

春菜が訊くと、シルエットが答えた。

「上れますけど、行くんですか？　危ないですよ」

「覗いたらすぐに戻ってきます」

「無理はするなよ」

と、井之上も言う。

「何かいると思ったのは、この階ではなくて、上ですよね？」
「そうですけど……どうしてわかったんですか」
ここはなにも感じないからよ。と、春菜は心の中で答えた。
冷気は上から降ってくる。滝沢が形容できなかった物音が、上から微かに聞こえてい
る。チプリン、チプリン、ジミジミジミ……それは不思議な音だった。発泡する泡《あわ》の音、
空気に触れて弾ける鉱物の音、粘度を保って流れ出てくる溶岩のような音である。両腕を
広げて指先だけ壁に触れ、春菜は階段を上りはじめた。ギシ、と湿った踏み板が下がり、
顔を上げてもなにも見えない。ギシ、ギシ、一段上がるごとに薄闇がのびていき、代わり
に背後が暗くなる。チプリン、チプリン、ジミジミジミ……サワサワサワ……なんの音か
はわからない。でも、ネズミやイタチであるはずがない。
高沢ー、と井之上の声がする。いいかげんにしておけよ。
ところがそうは行かないのだった。坂崎家のヤネガミには隠温羅流の因がある。その神
は残忍なやり方で邪な者を殺してしまう。富を与えるが浄財を欲し、他者へ施すことを要
求する。なんの神？　と、春菜は呟く。心の中で。
どこからそれを持ち帰ったの？
雨の音が激しさを増す。吐く息が白くなる。階段はどこまで続く？　もうずいぶん上っ
た気がするのに、上階の床が現れない。

目の先に踏み板が数段。振り返れば、まったくの闇だ。

チプリン、チプリン、モグモグ、ジミジミ……密やかに音がする。湿った風と、雨の匂い。埃と壁とカビの臭い。どうして……この階段はどこまで続くの？

突然恐怖に襲われて、春菜は階下を振り返る。

戻ろう。すぐに、今すぐに。

踵を返し、指先に触れていたはずの壁を探ると、壁はなかった。うそ、なんで？　壁はない。踏み板も、蹴込《けこ》み部分も脚に触れない。目の前にあるのは天井近くの窓だ。雨のせいでさっきよりも薄暗く、灰色の明かりがどこまでも長く続いている。春菜は恐怖で声も出せない。チプリン、チプリン、モグモグモグ……モグ……音で暗闇が動いている。

見えないけれども気配でわかる。窓の明かりにノイズが入り、あたり一面に黒い飛沫《ひまつ》が粘着している。ヤネガミだ。坂崎家の屋根裏にいるヤツだ。それがここに充満している。

闇はさらに濃くなって、次第に固まり、春菜は見た。

ノイズのようなヤネガミがギュッと集まって鬼のかたちになっていくのを。頭が大きく、手足は細く貧弱であまりに長く、子供が蜘蛛《くも》に変じたかのよう。見る間にそれは立ち上がり、モヤモヤと黒く乱れて溶けて、そして男の姿になった。

裸の胸に晒しを巻いて、頭に七色の御幣を被り、手には幣を握っている。両脚を踏ん張り、背筋を伸ばして、男は春菜の顔を見る。

仙龍……違う、あの人だ。

女と森を逃げていた。生け贄を供えて曳家をしていた。金屋子姫の怒りを受けて、屋根の神にならされた。そして春菜は思い出す。萱谷山内へ着いたときの仙龍の様子を。この場所の風景をよく夢に見ると仙龍は言った。あの山と、あの山に見覚えがある。炭を焼く煙が漂って、そして、高殿の近くに巨大な桂の木を見ると。

「オオヤビコ」

と、春菜は呟く。その瞬間、誰かに腕をつかまれた。

真っ白にあたりが光り、凄まじい轟音《ごうおん》がして、声が聞こえた。

「高沢！　馬鹿《ばか》、戻れ！」

春菜は倉庫の二階に立って、井之上に叱咤《しった》されていた。

其の六

蠱峯神《やねがみ》

同じ日の午後一時半。滝沢を市役所へ送り届けた春菜と井之上は、小林教授に会うために信濃歴史民俗資料館を訪れていた。この施設は郊外にあり、広大な敷地を有している。県内外の個人や団体から寄贈された埋蔵文化財や古文書を保存展示しているほか、文書館、考古館を併設して学び舎《まなや》としての役割も担っている。

金屋子神の来歴について電話をくれた小林寿夫はこの資料館の学芸員で、大学教授を退いて久しい今も『教授』の愛称で呼ばれる名物学者だ。

駐車場に仙龍たちの車が止まっていたので、二人は急いでエントランスへ飛び込んだ。一般の来館者も通る受付フロアは広々とした造りで、井之上が来意を告げると、脇の扉から小林教授が飛び出してきた。いつもの作業着姿にボサボサの白髪頭、メガネをかけて、腰に手ぬぐいをぶら下げている。小柄で痩身《そうしん》、見かけは用務員さんだが、その道では有名な民俗学者だ。

「やあやあ、やっと来ましたね。井之上さんはお久しぶりで……」

サンダルを引きずりながらやってきて、黒縁メガネを掛け直す。

「どうですか？　面白い話が聞けましたでしょうか」

そう訊くところをみると、すでに仙龍たちから話は聞いているらしい。

「三代目坂崎蔵之介のお嬢さんと会ってきました」

春菜が言うと、

「おや、そうですか」

バケツをひっくり返したほど降った雨も一時間ほどで止み、吹き抜けのロビーに燦々《さんさん》と陽が射している。春菜はバッグをまさぐって、吉備津神社で授与された吉備の狛犬の包みを出した。

「これ、教授がお望みだった『吉備の狛犬』です」

「おお。ありがたいですねえ。ありがとうございます」

教授はそれを受け取ると、大事そうに胸に抱えた。

「あまりに可愛らしいので、自分にもひとつ頂いてきました」

「いいですねえ。きっと春菜ちゃんを守ってくれることでしょう。そういえば」

突然深刻な表情になる。

「上田のお屋敷を担当していた課長さんが亡くなったそうですねえ」

「それもあったので弊社から仙龍さんに現場を見てほしいとお願いしたのです――」

井之上が言う。

「――もう仙龍さんから聞かれましたか？」

教授は井之上を見上げてニッコリ笑った。

「ざっと聞きましたよ。私のほうもね、春菜ちゃんやコーイチくんから岡山の話を聞きたくて、ですねえ。なので渡りに船でした」

たまにしか教授と会わない井之上は、突然、背筋を伸ばして頭を下げた。

「そういえば、うちの高沢がお世話になっています。今期企画展のほうもよろしくお願いいたします」

「いえいえ。お世話になっているのはこちらのほうで。春菜ちゃんが素敵なプランを上げてくれたので、予算は取れそうなのですけれど、実際に業者さんを決めるのは上の人たちでして、その人たちは算盤をはじくのが仕事ですからご期待に添えるかどうか」

「もちろん入札ですが、弊社としてもがんばりますので」

お互いに、と教授は言って春菜を見た。

「では行きますか。コーイチくんの大学からファックスも来たことですし、お話しするには図書室がいいと思いますので」

資料館のバックヤードにある職員専用図書室が小林教授のホームベースだ。教授は職員室に席があるのに、そちらは資料で机が埋まり、いつも図書室の六人掛けテーブルを使っている。事情をよく知る春菜たちは、教授についてスタッフ専用通路へ向かった。『STAFF ONLY』と書かれた扉を開けて狭い通路を一列で歩き、職員専用図書室に到着すると、部屋ではすでに仙龍たちが、数多《あまた》ある蔵書を眺めていた。

「お待たせしました。春菜ちゃんたちが来ましたよ」

教授はそう言って室内に入る。

今朝と同じ顔ぶれに、雷助《らいすけ》和尚が加わっていた。

「これは娘子《むすめご》、また会ったのう」

薄汚い僧衣に無精ひげを生やした年配の坊主《ぼうず》は名を加藤《かとう》雷助といい、因縁切り供養の請負人だ。どんな宗派で修行したのか知らないが、その手法は荒唐無稽《こうとうむけい》ながら慈悲深く、春菜が知る限り因縁切りに失敗したことがない。一方では、飲む、打つ、買う、を身上とする生臭坊主で、借金取りに追われて山奥の廃寺に身を隠し、金になる仕事のときだけ鐘鋳建設に現れる。

「どうして和尚が来ているの？」

春菜が問うと和尚は笑った。

「どうしてと言うて、山からスーパーカブで来たのじゃよ。おかげで儂の可愛いケツが、二つに割れてしまったわい」

尻をさすりながらガハハと笑う。

「そういうことを訊いたんじゃないの」

「わかっておる。山奥で狢《むじな》や仏像相手に修行するのも飽きたでな」

「修行なんかしてないくせに」

春菜の声が外に漏れないように、井之上が図書室の扉を閉めた。

「本当は、娘子が仙龍と婚前旅行に行ったと聞いて真偽を確かめに来たのじゃわい」

「こっ、婚前旅行じゃありません。仙龍はコーイチと泊まったし、ふ、二人だけで出かけたわけじゃないんですから」

コーイチはニヤニヤしているばかりだし、仙龍は他人事《ひとごと》のような顔である。春菜は耳まで真っ赤になった。

「そうムキになるでない。ちょいとからかっただけではないか」

春菜は井之上を振り向くと、人差し指を和尚に向けた。

「生臭坊主の言うことなんかっ、口から出任せですからね」

井之上はその剣幕に驚いて、降参するように両手を挙げた。

「まあまあみなさん。座りませんか」

相変わらずのマイペースで教授は言うと、資料や参考書籍が山積みになったテーブルに率先して腰掛けた。各々が好きな場所に陣取るのを見守ってから、教授は腰の手ぬぐいを外して自分のメガネを拭きはじめた。

「さてさて。春菜ちゃん」

などと、話の矛先を向けてくる。

「どうでした？　岡山から菅谷山内まで行ったそうですね？　金屋子神社へも」

ようやく春菜は気がついた。岡山行きの顚末を知るために、いつものメンバーが集められたのだ。教授も和尚も仙龍チームの一員だ。そして今回祓うのは、長年隠温羅流の人たちを苦しめてきた『導師にまつわる因縁』なのだ。山奥の廃寺からスーパーカブで駆けつけた和尚の男気が胸に迫った。あのガタガタ道を来たのなら、お尻も痛くなるだろう。

吉備津神社の不思議な光、温羅とたたら製鉄の関わり、首の在処《ありか》と菅谷山内、金屋子姫の姿と鎖の関係……何から話せばいいのだろうと春菜が考えをまとめていると、

「そういえば、みなさんが岡山へ行っている間に、棟梁が不思議な夢を見たそうですよ。その話はお聞きになりましたか？」

と、教授のほうが訊いてきた。

「夢の話は聞いたっす。今朝、アーキテクツさんへ向かう車の中で」

コーイチが言う。つまり仙龍も、話だけは聞いたのだ。

今し方オオヤビコが人間だったときの姿を見せられた春菜は、一連の不思議の関わりについて自分が説明するべきだと思った。椅子に姿勢を正して一同を見る。導師の因縁を解く件については井之上だけが部外者だ。そこで春菜は井之上に言った。

「井之上部局長。さっきの邸宅の件ですが……」

少し考えてから、やっぱり言った。

「うちの会社に黒髪が落ちていた事件を覚えていますか」

「は、いきなりなんだ？」

井之上が訊く。

「総子さんが言ってた『蟲』ですよ。うちに落ちてた黒髪もですけど、企画展で扱う怨毒草紙にも、似たような蟲が纏わり付いていて」

「それが課長や、邸宅に入った泥棒を殺したと？」

「なんすか？　泥棒って」

「後で話すわ」

と、春菜はコーイチに言った。

「総子さんが『蟲』と呼ぶのは瘴気の固まりです。さらに集まると煙や雲のように見え、凝《こ》り固《かた》まると鎖になって絡みつき、その人を鬼に変えてしまう。世の中にはいますよね？なぜこんなことができるのかと思うくらい残虐で、非道な行為を平気でやってのける人。怨毒草紙を描いた人喰《ひとく》い熅颯《うんそう》も、黒髪を抜いて呪った女性も、あれに取り憑かれていたんです」

「隠し扉にお札がベタベタ貼ってあったのは、それを出さねえためだったんだね」

棟梁は椅子に片膝あぐらをかいた。

「そうです。そして、それの気配は仙龍に絡みついている鎖とそっくりなんです」

「さっき私もコーイチくんから聞きましてねえ」

呑気な声で教授が言う。

「扉を開けたときは室内に蟲がいて、もう一度開けたときにはいなくなっていたということでした。でも、それはどこへ消えたのでしょうかね」

「屋根裏へ戻ったんでしょう」

と井之上が言うと、小林教授は首を傾げた。

「それはちょっと妙ですね。春菜ちゃんの話では、人を鬼に変える瘴気ということでした。それなのに、どうして襲ってこなかったのでしょう？　井之上さんやコーイチくんやコンサルさん、誰かが瘴気に当てられてもいいと思うのですが」

「あー……まあ、言われてみればそうっすけど、あれって棟梁が追い払ったんすよね？」

コーイチは棟梁を見た。

「だって棟梁。もう一度扉を開ける前に、何か唱えていたじゃないすか」

「馬鹿言っちゃいけねえよ。こっちは呪《まじな》い師《し》でもなんでもねえんだ。そんな器用な真似《まね》ができるかい。てめえの覚悟を決めてただけさね」

「さすがの棟梁も尋常ならざる瘴気の気配は察していたのか」

仙龍は笑った。

「あたりまえだよ。こちとら生まれたときから隠温羅流をやってんだ」

「では、ますます不思議ではないですか。お札には疵《きず》が入っていたそうで、瘴気が漏れ出してくるというならわかりますけど、どうして屋根裏に戻ったのでしょう?」

教授の言葉で春菜は閃いた。疑問がひとつ解け、心の中で手を打った。

「それでわかった。あれは屋根裏から出たわけじゃなく、亡くなった課長の体から、皮膚を突き破って外へ出たのよ」

その閃きは、石子詰めにされた生け贄の謎とつながった。

すべてわかった。春菜はそう叫びたかった。

「私たち、総子さんから話を聞いたあと、もう一度邸宅へ戻って倉庫を見てきたんです」

「倉庫にも何かがいると、滝沢主任が言うもので」

井之上が補足する。順序立てて説明するよう促したのだ。春菜は井之上に頷いた。

「先ず屋根神についてですが、総子さんの話では、名古屋あたりで祀られる除災招福の神とはまったく別のモノだそうです。あの家を建てた三代目、つまり総子さんのお父さんがどこかから持ち帰ったもので、新しい家ができたとき屋根裏に持ち込んでお祀りしたと」

「子供の頃は、見ると目が潰れると言われたそうですが、好奇心に勝てず、蔵之介さんが亡くなってからこっそり見に行ったらしいです。そうしたら、鏡張りの屋根裏に白木の箱が置かれていて……」

「箱には隠温羅流の因らしきものが刻印されていたと」

春菜と井之上が交互に言うと、みな一様に眉根を寄せた。

「これはまた面妖《めんよう》な」

と、和尚が唸る。

「その神ですが、もの凄い力を持っていると総子さんは言うの。三代目坂崎蔵之介が事業を成功させたのも、ヤネガミの力だと信じ切ってるみたいだったわ」

「富を与えるが、怖い神だというのを聞いてゾッとしましたよ。あと、ヤネガミの文字も、屋根の神と書くわけじゃないと言ってたよな？　画数の多い字だったと」

井之上が春菜を見る。

「言っていました。自分には書けないと」

小林教授が尻を浮かせてまた座り、せっせとメガネを拭きはじめた。

「やだなあ……怖い神って、どう怖いんすか？　神様で怖いってのがもう怖いんすけど」

「そこよ」

春菜はコーイチを振り向いて、次に仙龍の顔を見た。

「ヤネガミがもたらす富は独り占めが許されず、浄財として遍《あまね》く人々に分け与えなければならないそうよ。邪な者は近寄ると死んでしまうんですって」

「事実、総子さんが子供の頃、邸宅へ泥棒に入った経理関係者が亡くなっていると言ってましたよ。しかも話を聞く限り死に方が課長とそっくりで……」

「うひー」

と、コーイチが悲鳴を上げた。

「それで小林教授の疑問とつながるんです。あのとき私が見た蟲は、死んだ課長から出たものだったと思うのよ。ご遺体はもうなかったけれど、隠し部屋がお札で封印されていたから瘴気が長く漂った。襲ってこなかったのもそのせいです。瘴気はヤネガミが放ったのではなく、死んだ課長からヤネガミが吸い取ったのよ」

「瘴気を吸い取る神か――」

仙龍が腕組みをする。

「――新手だな……」

小林教授がこう訊いた。

「亡くなった課長さんは邪だったのでしょうかねえ？」

「それなんですけど、私たちが入ったとき、執務室にあった希少本や小さな化粧箱などが、風呂敷に載せて置かれていました。あそこは調査が始まる前で、総子さんは所有権を放棄すると言っているし、何かなくなってもわからないんです。それで、もしも課長がそれらを持ち出そうとしていたのなら……あと、秘密の扉にお宝が隠されていると考えたなら」

「なるほどな」

と、仙龍が言う。

「執務室や屋根裏に入っても無事な人物と、そうでない者がいるということか」

「邪じゃなきゃ、大丈夫なんすかね」

「いやいや。早とちりは危険だよ」

と、棟梁が言う。難しい顔をして腕を組み、片膝あぐらで身を乗り出した。

「その神が瘴気を吸い取るんなら、屋根裏は瘴気の巣窟《そうくつ》になっているんじゃねえのかい？　だいたいが、御利益ばっかり願うところは、裏に瘴気の吹きだまる場所があるもんだ。その神がどういうものか、どういう了見でいるのかがわからなきゃ、持ち主の婆さんの言うとおり、迂闊に外へ出さないことが肝心だ」

「儂も棟梁に賛成じゃ。祀る者がいなくなって久しい場合、制御不能なほどに吹きだまっていてもおかしくはない。思うに、崇拝する者に富を与え、それを遍く人々に分け与える行為は賽銭の逆類型である。集めた瘴気を金に含ませ、少しずつ、なるべく多くの者たちに分け与えていたのであろう。分けられた者らの感謝や喜びで浄化させていたともいえる。はて……悪心に凝り固まった者から瘴気を吸い取り、信ずる者には富を与えて施しに変え、浄化する。なんとも不思議な神よのう。そんな話は聞いたことがない」

たしかにそうだと春菜も思う。けれどその神の来歴を知れば、和尚も納得するだろう。

「坂崎蔵之介が建てた邸宅は鉤の手のようになっていて、撰繭場兼繭倉庫とくっついた不思議なかたちだったでしょ？　それは荷受けの初めにヤネガミの力が及ぶ構造にしていたんじゃないかと思うの。今はお札で塞がれてしまったけれど、三代目が生きていた頃は書棚の後ろの隠し扉が開いていて、建物全体に神の力が宿っていたのよ。その残り香みたいなものが、今も倉庫に残されていて、滝沢さんはそれを感じたんだと思う。倉庫で音が聞こえると言っていたし、私も実際に倉庫へ入って……」

春菜はそこで言葉を切ると、

「ヤネガミの話ですけど、長坂所長は一足先に総子さんを訪ねて、知っていたのよ」

と言った。負けじと井之上も持論を語る。

「それで俺も、長坂先生が高沢を指名した理由がわかったよ」

「今回、あのがめついパグ男が抜け駆けしなかったのもそのせいよ。少なくとも怪異を認めて尊重する癖はついたみたいで、本気でヤネガミが怖かったのよ。だから私たちに処分してほしかったんだわ」

鼻息荒く春菜が言う。

「なるほどなるほど。話の筋が通っていますね。いや、すばらしいことではないですか？　あの長坂先生にすら、見えないものを敬う気持ちが生まれたということなのですから」

「でも、私たちや鐘鋳建設を利用しようとしてるんですよ」

「春菜ちゃん。人は突然変われませんよ。少しずつ、一歩一歩ですねぇ」

教授だけがニマニマしながらメガネを拭き続けている。

「んじゃ結局、天井裏にいるのはなんの神っすか。ていうか、箱に隠温羅流の因があったっていうんでしょ？　そんでもって鏡張り？」

「鏡は封印のためかもしれない」

と、仙龍が言う。眉間に深く縦皺を刻み、春菜やコーイチの顔を見た。

「設計士が買った廃教会を祓うのに、俺たちも鏡を使ったろう」

「あ」と、コーイチは仙龍を見た。

「鏡に閉じ込めたってことっすか」

「どういうこと？」

と、春菜が聞く。

「合わせ鏡を用いた呪だよ。屋根裏に迷宮を創ったんだ」

「なんだかさっぱりわからない」

春菜は素直にそう言った。

「鏡で空間を無限に見せたのだと思う。出口もない。入口もない。神が出て行かないよう鏡の世界に縛っているんだ」

なんとなく、わかってきた。四方八方鏡なら、世界にいるのは自分一人だ。

「合わせ鏡でヤネガミを騙《だま》しているのね」

「言い方は悪いがそういうことだ」

「そういえば、総子さんは言ってなかったか？　壁や天井だけでなく、床にも鏡が貼ってあって、怖くて屋根裏に上れなかったと」

「言ってたわ。覗いただけで怖くなって戻ったと」

「面白い！　いやーあ、面白いですねえ」

小林教授は興奮し、

「……ヤネガミ……何者ぞ」

和尚は盛大に首をひねった。

「さあ、では、そろそろみなさんに聞いていただきましょうかねえ」

パン！　と教授は手を打つと、その手を胸の前で擦り合わせて、さも嬉しそうに立ち上がり、重ねてあった書籍をどかし、パンフレットや広報誌や原稿や図面を脇によけ、散らかったあれこれの間からプリントされたファックスを引き出した。

「さてさて、そこでコーイチくんの大学の宗像《むなかた》先生から送られてきたファックスが活《い》きてくるわけですね。いやーあ……ワクワクしますねえ。本当は画像データを送ってほしかったところですけど、データは流出の危険がありますからして、研究者の方はコピーを下さったたけでした。それがこのタイミングで届くとは。コーイチくんが『飛龍』の銘を追いかけてくれたお陰ですねえ」

「一応ケンメイって名前も調べていたんです」

コーイチが春菜を見て言う。

「それね、ケンメイって文字だけど」

春菜はバッグから手帳を出して、『啓明』と漢字で書いた。

「たぶん、字はこう書くの。啓明というのは、鬼が人だったときの名前です」

事情を知らない井之上に向けて言う。

「午前中に邸宅の一階で棟梁から夢の話を聞かされて、そのとき突然、漢字が頭に浮かんだの。『啓明』こそ『飛龍』の号を持つ導師の諱《いみな》よ」

コーイチは教授からファックスをもらって見ていたが、

「……あ……はっ……春菜さん！　こっ」

動揺したのか、妙な声を出してきた。バタバタと近づいてきて、春菜にファックス用紙を振りかざす。

「これ！　ちょっとこれを見てください」

コーイチは全員がファックスを見られるように、物の置かれていない机に移動して用紙を広げた。一同が新しいテーブルの周りに集まると、そこにあるのは不鮮明な写真だった。虫が食ったようにボロボロの紙を写したもので、抜け落ちた部分を脳内で補完しなが

ら読むと、

――蠱峯神御祈禱之璽『朱印』――

と読めるのだった。朱印は見慣れたあの図案、紛れなき隠温羅流の因である。ファックスは複数枚あり、別の写真には一センチくらいの小さな石や、鑿《のみ》で彫ったような文字で『曳師飛龍《ひきしひりゅう》』と書かれた木柱のようなものが写されていた。

「これ……」

春菜は震えた。激情が背骨を貫いていく。

和尚がそれを覗き込み、棟梁も食い入るように見て、井之上が呟いた。

「難しい字だな、なんて読むんだ？　あっ」

井之上は額に手を置いた。

「ヤネガミか？　総子さんが言ってたのは、これのことだったのか……」

「ヤネガミゴキトウノシルシと読むのですねえ。小さい石のようなものは、その先生が調べたところ人骨らしいと言っていました。このお札と骨を一セットにして崇敬したもののようです」

「骨を祀っていたっていうの？」

「仏舎利みたいなもんすかね。尊い人の遺骨だから、ありがたがって祀るんっすよ」

コーイチにお株を取られないうちに、教授が続ける。

「実はですね、私も噂だけは知っておりましたけれども、こちらのヤネガミにつきましては研究者もおりませんし、文献等もほとんど残されていなかったのですよ。私個人はどちらかと言いますと、シャグマや犬神のような憑物ではないかと思ってましたが、正体は謎でした。蠱峯神は裕福な家に憑くといい、家に招かれた客が主人の許しを得て持ち帰る神なのです。発現も起源も謎ですが、旧家の解体工事などをしますと、たまさか柱の貫《ぬき》からお札が出ることがありまして、でも、骨が一緒だったというのは今回初めて知ったわけでして、それと言いますのも、この先生は民俗学者ではないからですねえ。お札そのものも小さく畳まれて押し込まれていますので、発見できることがもう稀《まれ》だったのです」

「それを鏡で封じた例は？」

仙龍が訊く。

「そこなのですよ。鏡は今回が初めてで、しかも箱があるという。隠温羅流の因が入った箱入りは大発見と言ってもよろしいのではないでしょうか。いやあ、興奮しますねえ。蠱峯神と隠温羅流、ライフワークにしている二つのテーマがこんなかたちで邂逅するなんて……いやはやなんとも」

小林教授は積み上げた本の間から古い大学ノートを出した。

「これは私の恩師が残したノートですが」

付箋《ふせん》を貼ってあるページを開く。

「少しですが、ここに蟲峯神に関する記述があります。こちらを記したのは民俗学者ですから、見方が私よりになっていますね。恩師がまだ若い頃、鳥取の旧家を解体したとき蔵の柱からお札が出たときの記録です。いま春菜ちゃんから聞きましたように、この家も名士と謳われる篤志家だったそうですよ。こうあります」

そしてノートの書き付けを読んだ。

——某は因幡《いなば》国の大庄屋《だいしょうや》で、千代川の洪水で被害が出たときには復興に私財をなげうったほか、水死者のため多数の供養塔を建立したなど、地元の名士として知られる。かつてこの家には蟲峯神が居たといい、昭和になって蔵を壊したとき、丑梁《うしばり》のほぞ穴から書き付けが出たのを見せてもらった。蟲峯神御祈禱之璽と墨書きし、朱印を押した紙である。一緒に白砂が出たとも伝わるが、少量で霧散したらしい。某の家はこの神の御利益で栄えたが、神は強欲をよしとせず、常に施しを求めたそうである。家長のみが神と話して、家人は書き付けが出るまで神の名前すら知らなかった。蟲峯神の来歴は不明である——

「恩師のノートを引き継いでから蟲峯神には興味があったのですが、なかなかお目に掛かる機会がなくって、ですね。それがまさかこんな身近に、しかも調査対象物件の屋根裏に祀られていたとは……よろしいですか？」

教授は近くへやってきて、虫食いだらけの写真を指した。

「今の話は鳥取でしたが、宗像先生のファックスの写真は京都でみつかったものだそうです。心柱のほぞ穴に押し込まれていたようで、古くから鳥居などを建立するときに使うやり方だそうですね？」

「神様仏様の御柱に傷や汚れをつけるわけにはいかねえからな、宮大工《みやだいく》がやる方法だよ。建立した日や関わった大工の名前など、紙に子細を記してほぞ穴に入れるんだ」

と、棟梁が言う。

「こちらは柱の材や太さなどから類推して三重塔《さんじゅうのとう》などの心柱だったのではないかと、宗像先生は仰ってましたが」

「どの寺の三重塔です？」

仙龍が訊く。

「お寺自体はないのです。京都の北区で駐車場を整備したとき、埋蔵文化財の発掘調査でみつかったもので、大昔はそのあたりを『玄長寺《げんちょうじ》』などと呼んでいたので、かつてお寺があったのはわかっていたわけですね。書き付けが入っていた柱には焼け焦げの跡があるそうですから、お寺は焼失したのでしょう。なぜ三重塔かと言いますと、時代的に五重塔から三重塔への移行期だったからでして、なぜ時代がわかったかと言いますと、一緒に出てきた瓦《かわら》が橘吉重《たちばなよししげ》の作だったからだと仰っていました」

「橘吉重って？」

と、春菜が訊く。

「法隆寺や興福寺がお抱えにしていた瓦大工で、中興の祖と呼ばれる職人だ。それまで屋根瓦は釘《くぎ》で直接土台に打ち付けていたんだが、釘の腐食による膨張で瓦が割れる事故が多かった。そこで吉重が出っ張りのある特殊なかたちの瓦を焼いて、土台に渡した板に引っかける工法を考案したんだ。寺院に多い飾り付きの瓦も吉重が実用化したものだ」

「しかも技術を独り占めしないで多くの職人に伝授したんすよ。橘吉重が活躍したのは一四〇〇年前後で、吉備津神社の再建が一四二五年っすから、時期的には近いっす」

「この『飛龍』さんが——」

と、小林教授はファックスを指した。

「——棟梁や春菜ちゃんが夢に見た人物とするならば、たたらをやめてのち曳師としてお寺の建造や曳家に関わっていたということになりますかねえ」

きっとそうだと春菜は思った。蠱峯神の文字を見るにつけ因は脳内でつながって、確信に近づいていく感覚で武者震いがした。なにも信じていなかった過去の自分は嗤《わら》えばいい。自分も長坂と同様だった。過去は過去として清算されて、自分とはなんの関係もないと考えていた。先人たちの命の上に今の自分があるとも知らずに。

もはや口を利くことも手紙を書くこともできなくなった故人が未来に何かを伝えようとするならば、誰かのサニワに訴えかけるしかない。サニワを持つ者の使命は、正しくそれを伝えて生き様を未来へつなげることだ。春菜はチラリと井之上を見た。

アーキテクツの仕事が好きだ。井之上のことは上司としても人としても尊敬している し、同僚たちも大好きだ。でも、仙龍にまといつく因縁を断ち切るためなら仕事を辞める覚悟はある。物事には流れがあって、逆らえばうまくいかないし、機を逃せば流れは変わってしまうのだ。金屋子神も入れ替わり、たたら製鉄は消え、オオヤビコの背景も見えてきた。それが流れだ。隠温羅流の因は浄化の時を迎えている。悔《くや》しいけれど、と、春菜は思う。アーキテクツの営業は代わりが利くし、井之上は自分よりずっと優秀だ。

でも、仙龍のサニワは自分だけ。オオヤビコと契約したのは自分なのだと。

「……そうよ、だから今しかない、私しかいないの」

春菜は自分自身に言った。この場に雷助和尚が来ていたことも、井之上が一緒だったのも、たぶんそういうことなのだ。和尚は因縁祓いのプロだし、井之上は春菜と仙龍たちをつないだ最初の縁なのだから。

「説明するから聞いてほしいの。私の中ですべてがひとつにつながったから」

春菜は上着の襟に手をかけた。

「隠温羅流の導師には黒い鎖が絡みついている。因縁を解くたび鎖は増えて、厄年を迎える頃には重さで奈落に引きずり込まれる。浄化した相手が鎖を消してくれることもあるけれど、それは魂呼び桜を曳いたときの一度だけしか見ていない」

そして仙龍と視線を交わした。

「鎖は瘴気の塊で、ヤネガミの蟲と同じもの。さっき話したとおりです」

井之上が訊く。

「人に取り憑いて悪事を行わせるってヤツだったよな？　それがなんで仙龍さんにくっついてるんだ。仙龍さんは邪じゃないし、因縁を祓うのが仕事だろ……あ、そうか。因縁祓いをすると、祓った相手に移動するのか？」

春菜は井之上に頷いた。

「導師が他者の因縁を引き受けると浄罪になるんです。隠温羅流は過去に許されない罪を犯して、今もご先祖の罪を贖《あがな》っているから。罪が重すぎて何世代もかかってる。厄年に死ぬのも、ご先祖が罪を犯したのが厄年だったからです」

バラバラだった事象と理由を、サニワがひとつに結んでいく。

「隠温羅流にはサニワを持つ者は導師になれない決まりがあって、その理由もわかった気がします」

春菜は棟梁と目が合った。隠温羅流の曳家にはいつもサニワが必要だ。小さな因には小さなサニワ、大きな因には大きなサニワ。春菜が仙龍のサニワになって数年が経つ。

「最初の導師、つまりご先祖は強いサニワを持っていた。そのせいで金屋子と感応し合い、深くつながってしまいました。夢に出てきた導師は、建物を曳くとき生け贄を捧げていたんです」

「人柱でしょうかねえ。昔はありましたよ？　弱い土地を固めるためや、建物の守りを固めるために、地面に人を埋めたのですよ」

春菜たちは地滑《じすべ》りが頻発する土地で人柱になった僧侶《そうりょ》の遺体と接したことがある。ミイラになった遺体には、桜に変じた僧侶の妻が八百年も寄り添っていた。人ですら八百年も想い続ける。まして金屋子は神なのだから、そう簡単には鎮まるまい。

ああそうか。仙龍とともに因縁を祓ってきたあれこれが、春菜の胸に去来する。最初の案件は蔵だった。祟っていたのは屋敷神だが、背景を知れば人だとわかった。次の物件は滝だった。自然物ではあったけど、妄執の元はやはり人だった。その次は座敷牢、犬神に桜、長坂の教会、怨毒草紙、吉備津の釜……すべてはここへつながる道筋だった。折々にヒントを与えて、オオヤビコは浄化の時を待っていたのだ。そうか、そうだったんだ。

春菜は言う。

「生け贄は、注連縄で囲った穴で石子詰めにされていました」

「うへぇ」

コーイチは痛々しげに眉を寄せ、下唇を嚙んでいる。

春菜は仙龍と棟梁を見たが、二人は比較的冷静で、眼差しで先を促してきた。

「初代導師はサニワのせいでさらに神格化され、正しい神からも顰蹙を買った。寿命が尽きても罪を償いきれないで、それを流派に残していった。子孫たちは考えたんです。ご先代の罪は贖わなければならないけれど、導師がサニワを持っているとさらに罪が重なっていく。そこで導師とサニワを切り離した。オオヤビコは家宅六柱の大屋毘古とは別のもの。神の名前を騙《かた》る神、金屋子神に呪われた賤《いや》しい屋根の神なんです」

「……そうであったか」

と、和尚が唸り、仙龍は顎をわずかに上げた。涼しげな目で春菜の言葉を嚙みしめている。棟梁はなにも言わない。教授はうんうん頷いているし、井之上に至っては、一同の顔を見回すだけだ。

「どうしてそれがわかるのか。実は……私……」

ひとりひとりの顔を見た。春菜は寸の間目を閉じて、ぐいと上着の襟を引く。

オオヤビコが残した痣をみなに晒すと、息を吞む音がした。

「……春菜さん……」

怯えた声を出したのはコーイチだ。春菜は襟を元に戻した。

「隠温羅流の因にそっくりでしょ。私が彼を鬼にはしないと言ったから、契約の印に痣を残していったのよ。この文様も隠温羅流の銘と同じで、何かしら意味があるんだわ」

「なぜ黙っていた。吉備津神社で血を吹いたのはその痣か」

仙龍が訊く。ひどく傷ついた顔をしている。春菜は薄く微笑んだ。

「心配させるとわかっていたから、解決策がみつかるまでは言いたくなかった。これ、邸宅でも血を吹いて、それであの家がオオヤビコと関係があるとわかったの。痣はオオヤビコと通じていて、彼の苦しみを感じて血を流すのよ」

「オオヤビコってなんですか？」

井之上がヒソヒソ声でコーイチに訊く。

コーイチが答える前に、春菜は井之上を振り向いた。

「棟梁が見た夢と私が見た夢。吉備津神社から奥出雲を通って島根へ移動したことでわかったのは、因縁がなぜ生まれたか」

春菜は痣に手を置いた。こうしておけば類推が間違っていたときにオオヤビコが教えてくれる。春菜は目を閉じ、呼吸を整え、そして話した。

「字は玄長、幼名はトク、啓明を名乗り、号は飛龍。隠温羅流のご先祖は、吉備地方のたたら集団のどれかに属した村下だったと思う。崇敬していた金屋子姫は鉧に似て、燃える鉄のように気性が激しく、村下との婚姻で鉄を産む神よ。嫉妬深く、執念深い……現在の金屋子神社に祀られている神より前の、太古の神です」

「金屋子神は明治の頃に入れ替わっているからですねえ」

教授は井之上に説明したが、井之上はわけがわからないという顔だ。

「そのご先祖は、サニワで神の気持ちがわかった。平均寿命が五十年と言われる時代に厄年まで独り身だったのは、生涯を独りで過ごす覚悟があったから。妻を娶れば金屋子が嫉妬して鉄が涌かなくなると知っていたのよ。でも、村下は女を愛してしまった。金屋子は怒り、村下が愛した女の家に白羽の矢を降らせた。でも、村下はサニワで金屋子の魂胆を見抜いたの」

棟梁の夢の部分である。棟梁は腕を組み、目を閉じている。

「村下は屋根に上って矢を抜いて……その矢をほかの家に刺したんです」

「自ら別の生け贄を選んじまったってぇことだ」

棟梁が言う。

「棟梁がその話をしてくれたとき、私、金屋子神の声を聞いたの」

春菜の言葉に、棟梁は目を開けた。

「どうしてくれよう、どうしてくれよう……それはもう、ほんとうに、怖くてすくみ上がるような声だった。そして言ったの。おのれは屋根で罪を犯した。ならば屋根の神になれ。そして生涯おのれ自身で生け贄を選び続けるがいい……その後、二人がどうなったかも見せられた。村下は女と山を出た。でも、金屋子は二人を許さず、娘が生まれた頃に雷を降らせて母子を焼いてしまったの。その屍を抱いて啓明は……」

春菜は痛みに顔をしかめた。またしても痣が血を吹いている。指の間から流れ出る血に、井之上も、仙龍も腰を浮かせたが、

「大丈夫。すぐに消えるわ」

春菜は腕を上げてそれを制した。喋ってしまわなければいけない。啓明がどうなったのか。蠱峯神とはなんなのか。そして、どうすれば因縁を浄化できるのか。

「神を裏切ってまでして守った妻を奪われて、そのとき啓明に鬼が宿った。神を呪って自ら屋根の神となり、自分を揶揄《やゆ》してオオヤビコと名乗ったの。金屋子神の呪いで、ご先祖は何をするにも生け贄を求めなければならない。そこでご先祖は考えた。生け贄にしても良心が痛まない、邪な人物を選んだんです。死ぬことで他者が幸運を得るような人物を……ご先祖は生け贄を選ぶ神だった。でも本物の神じゃない。悲しみと怨みと自己嫌悪で鬼に成り下がったおぞましい蠱峯神よ」

春菜を案じて仙龍が立ち上がったとき、幻のように血糊《ちのり》は消えた。

「その者は悪意に惹かれ、サニワを用いて生け贄を選ぶ。反面、人の心も残されていて、罪におののき自死を選ぶも、死ぬことすら許されない。死んでもなお罪は消えず、子孫に災厄を引き継いだ。総子さんの話では、蠱峯神は火を嫌うといって執務室では煙草を吸うことがなかったと。号に龍の字を使うのは流れと水で火と災厄を除ける呪で、隠温羅流と名付けた理由は、鬼を隠して浄化された温羅に倣って救ってほしいと願ったからよ。温羅は祀られて魂の平安を得た。ご先祖もそうなることを願った。吉備津神社でそれがわかったの」

喋り終えて春菜は黙ったが、誰も言葉を発しない。

数秒後、井之上がキョロキョロしはじめて、そして小林教授が口を開いた。

「春菜ちゃん、それでは十七世紀後半に金屋子姫が飛び去ったのはもしや、隠温羅流が彼の地を捨てて信州へ来たからでしょうか」

「オレたちもそれは考えたっす」

「これはしたり。とんでもない話であるぞ」

雷助和尚はだらしなく毛の伸びた坊主頭をガリガリ掻いた。

「……なるほどねぇ」

と、棟梁がため息をつく。

「たしかにね、あっしが知ってる限り、因の古いのは三百年以上も前の建物に残されてましたよ。いやね、驚くというより納得したのが自分でも驚きだ。サニワを持つ者は導師になれない。なぜかはわかっていなかった。啓明って村下にサニワがあって、それが金屋子さんと通じたからか。なるほど。だからあいつは、あの家に矢が降ることを知ってたんだな、いや、驚いた」

棟梁は床に足をつけ、それぞれの膝頭をつかんで前のめりになった。

「啓明さんは荒魂と和魂に分けられて、荒魂は蠱峯神になり、和魂はオオヤビコになったってえことですね。そして和魂を持っていたオオヤビコも、間もなく鬼に成り下がろうとしていると」

棟梁の説明は的を射ている。

蠱峯神は神の仮面を被った怨みの固まり、オオヤビコは、ほとんど鬼と化しながら、わずかに残った人の心で救ってほしいと訴えている啓明の魂だったんだ。

「正十郎さんはそれと知らずにご先祖の蠱峯神を封印したんすかね？」

「因果《いんが》よのう」

と、和尚は呟き、

「来歴が突然明かされるのも、流れのひとつなのでしょう」

と、教授が頷く。棟梁はしみじみ言った。

「元はといえば金屋子さんと、そしてやっぱりご先祖自身が発現させた因縁だ。背負いきれず子孫に負わせたってえのも納得で……そりゃあたしかに大手を振って、『こういう流派です』とは言えねえよなあ」

そして沈黙が訪れた。

「……隠温羅流は、どうして信州へ来たのかしら」

今さらだが、春菜はそれが不思議であった。菅谷山内を訪れたとき、信州の山と似ているとは思ったが、まさかそれが理由だろうか。

「善光寺《ぜんこうじ》があるからではないですか？　ご本尊は日本最古の仏像ですし、本願は一切衆生極楽往生ですからして、すがりたくなる気持ちもわかるというものです。江戸期には僧侶たちが全国へ出開帳に赴いて、山陰にも光明は届いていたはずですからね」

「救いを求めてきたんすかね」

「わかりませんが、どこかへ行くならここだったのではないでしょうか」

小林教授が持論を展開しているときに、仙龍がポツンと言った。

「俺にくっついているのは隠温羅流の初代なんだな？」

端的な言葉である。春菜は真っ直ぐに仙龍を見た。

「そうよ」

「さぞかし苦しかったことだろう」

悲しい声で棟梁が言う。

「あっしはわかる気がするねえ。明治より前の文献がぷっつりないのも、もしかすると戦争で焼けたんじゃなくて、正十郎さんが上田で曳家を始めたときに、過去と縁を切るために燃やしちまったのかもしれねえな。あっしらは、導師が厄年に死ぬってことばっかり心配してりゃあよかったが、そんなのは小せえことだった。人が神になろうなんて、しかも人様の人生をどうこうしようなんて、そんな不遜な障りを背負っていたんなら、そりゃ、隠温羅流は立ちゆかねえわけだ。どっかでふっつり流派が切れても、いや、それこそが本懐を遂げるってことかもしれねえ」

「棟梁……」

隠温羅流の因縁を解くために奔走してきた棟梁の言葉が胸を抉って、春菜は自分が責められているような気持ちになった。秘密を暴いてはいけなかったのだろうか。仙龍の命を救いたいあまり、自分は隠温羅流の尊厳を踏みにじってしまったのだろうか。

「いや。姉さんを責めてるんじゃねえ、納得しているんでさあ。あっしはね、いま、ようやく……」

納得しているんだよ。と、棟梁はもう一度言った。

「その、なんですかい、オオヤビコは六百年も待ったんだ……来歴を解き明かしてもらえるときをね。姉さんが諦めなかったから、ようやくあっしらがそれを知った。ずいぶん長く待たせちまった」

棟梁は自然な仕草で合掌した。

その瞬間、春菜の両目からサラサラと涙があふれて止まらなくなった。悲しくも怖くもないのに、涙は水のようにあふれ続ける。心に清流が流れ込んできたような気がして、春菜はオオヤビコが泣いているのを感じた。

「姉さん、ついでに鬼に訊いてやっちゃもらえませんか。どうやったら因が解けるのか」

春菜は悲しげに頭を振った。

「ごめんなさい。それはまだわからないんです……でも私、諦めません。きっとオオヤビコを救ってみせます。そうすれば」

「ありがとう」

と、仙龍が言った。

春菜は、自分が泣いているのかオオヤビコが泣いているのかわからなくなった。

「焦るでないぞ。機が熟すのを待つのがよかろう。儂らは蟲峯神の正体を知った。流れは浄化に向かっておるのだ。だから無理はせぬことじゃ。無理を通せば道理が引っ込むと言うではないか」

相変わらず偉そうに、雷助和尚が宣《のたま》った。

「でも、和尚。俺的にはちょっと疑問があるっす。小林センセの話だと、蟲峯神はほぞ穴に隠された書き付けやお札でしかなかったのに、あの家の屋根には箱があるんすよ」

「箱にはお札が入っているんじゃないですか？　お札と骨が——」

井之上が言う。

「——お金持ちの家ですし、蔵之介さんはそれをどこかから持ち帰ってきたわけですから、そのときにもう箱に入っていたんじゃないのかなあ。坂崎家に持ち帰ってから、より立派に見えるようにしたのかも」

「んでも、それだと部屋が鏡張りの理由がわからないっす」

と、コーイチが言う。

「箱には隠温羅流の因らしきものがあるわけで、すでに封印されてるってことっすよね？

なのに屋根裏は総鏡張り。どうしてなんすかね」

「コーイチの言うとおりだな。蠱峯神が邪な瘴気を吸い取るとして、因のある箱に封じられてなお人を殺せるとは思えない」

　仙龍も首を傾げた。

「そっすよね？　あと、屋敷が建ったのも、正十郎さんが上田で曳家を始めたのも明治三十年代となると、あの家に蠱峯神を閉じ込めたのは正十郎さんだと思うんす。もしかして箱の中身はただのお札じゃないんじゃないすか」

「おお、たしかにそうですねえ」

　教授が言って、春菜たちは互いの顔を見た。

「それではさっそく屋根裏に上って、箱を開けて確かめてみましょうかね」

「いや小林先生、そりゃ拙い。あっしらはまだ敵のことをなにも知らねえんだから」

「邸宅の蠱峯神に関わることが、オオヤビコの因を解く鍵なのかしら」

　春菜がそう言ったとき、誰かのスマホが鳴り出した。

　それぞれがポケットに手をやったが、通話ボタンをタップしたのは井之上だった。

「増田さんからだ」

　と、春菜に言う。井之上は図書室の隅へ行き、一同に背中を向けて電話を取った。

「ああどうも、井之上です。先ほどは……えっ」

顔を上げて振り返る。

「はい……はい……またどうして……ええ、いえ……」

しばらくすると電話の相手が変わったようだ。

「どうも。文化施設事業部の井之上ですが、増田さんにはたいへんお世話に……ああ、いえいえ、でも急ですよね。いえ、そういうわけでは」

井之上はスマホを耳に当てたまま、短い言葉を春菜に投げた。

「長坂所長が降りたそうだ」

「えっ」

春菜は驚き、一心に井之上の様子を見守った。

コーイチたちも顔を見合わせ、呼吸を殺して聞き耳を立てている。

「はい。はい。それはもう……はい。そうですね、では、部内で検討してお返事を……そうですか。わかりました」

井之上は姿勢を正し、「伺います」と答えて電話を切った。

「なんの電話です？　長坂所長が降りたって」

春菜が訊くと、井之上はスマホの画面をズボンでこすってポケットに入れてから、

「すみませんでしたね」

と、みんなに向かって頭を下げた。それから春菜に向かって言った。

「そうなんだ。この仕事は受けられないと、突然連絡してきたそうだ」

「どうして」

「課長が死んだからだとさ。縁起が悪いからやりたくないと」

「そう言ったんですか？　クライアントに？」

井之上は首を竦めた。長坂はそう言ったのだ。

「因縁物件だから関わらないというのは、建築業界では正当な理由だ」

仙龍が言う。

井之上は信頼がおける上司の顔で春菜を見た。

「……やってみるか、高沢」

「え？」

一同の視線が春菜に向く。

「高沢は以前から俺に言っていたよな？　大きなプロジェクトをやってみたいと」

「でも……」

「俺も聞いたっすよ、菅谷の高殿で。一度でいいからこんな仕事をやってみたいって、春菜さん言ってましたよね」

「言ったけど、でもそれは」

棟梁と和尚はニヤニヤしている。

「問題が山積みなのはわかっている。でも俺や轟《とどろき》がフォローをするし、うちが頭で、長坂先生を下請けに使う手もある」

長坂が下請けになる。井之上は夢のような言葉で春菜をくすぐる。

「それはいい考えですねえ。春菜ちゃんが担当するなら私も話が早いですし、蠱峯神について調べるにつけても、このメンバーがいれば安心ですしね」

小林教授は笑っている。春菜は仙龍の顔を見た。

ついさっきまで、自分は仙龍の因を解くためならアーキテクツを辞めてもいいと思っていたのだ。仙龍はなにも言わないが、目を見ただけで春菜にはわかった。おまえの決断を尊重すると、仙龍は表情で語っている。

春菜はギュッと拳を握った。そうか、これをこそ、隠温羅流は『流れ』と呼ぶんだ。

今はまだ寄贈を申し出た人物がいて、そこに建物があるというだけの状態だ。土地の所有者は解体移築を望んでいるし、建物の所有者はいっそ燃やしてほしいとまで言った。けれど建物には価値があり、その価値は現在の場所に建物があってこそ生まれるものだ。その建物には蠱峯神が巣くい、すでに一人が死んでいる。

あの長坂が手を引くほど問題は山積みなのだ。

春菜は大きく息を吸い、仙龍の眼差しを受けて、答えた。

「やります。私、やってみます。やりたいです」

「わかった。なら、さっそく明日にでも先方の責任者と顔合わせをしよう。俺も行く」

「よろしくお願いします」

春菜は井之上に頭を下げ、

「どうか力を貸してください」

と、いつものメンバーにも頭を下げた。

「これは面白くなってきたわい」

鼻に皺を寄せて和尚が笑う。

「そのときはぜひ、うちも一枚嚙ませてもらいたいねぇ」

棟梁も言う。

「ええ、ええ。もちろんそうなることでしょう。そうだ、春菜ちゃん。この件がうまくいきまして、建物の展示保存が叶った場合は、そこで怨毒草紙の企画展をやるのもよさそうですが、どうでしょう」

「あ、それいいっすね。そんときはほら、小林センセが撮りためた、いろんな民俗学の写真とか、一緒に展示するのはどうっすか？　桜を曳いたときのヤツなんか、見た人は感動すると思うっすよー」

「そういえば、山を曳いたこともありましたっけ」

「倉庫のワンフロア一物件展ってのはどうっすか」

このプロジェクトを成功させよう。

「面白い、ぜひやりましょう」

井之上が無責任に請け負っている。すべてはこれから始まるというのに。

長い間共に闘ってきた仲間たちの笑顔を見ているうちに、春菜は体の奥から力が漲《みなぎ》ってくるのを感じた。そうだ、やろう。今こそ自分が主体になって、このプロジェクトを成功させよう。建物に関わった人たちの歴史と息吹を壊すことなく未来へつなぐ。それこそがアーキテクツの文化施設事業部に籍を置き、隠温羅流最後のサニワとなるべき自分の仕事だ。使命なんだ。

「やる。私、絶対にやってみせる。そしてオオヤビコを成仏させるわ」

そう言ったとき、春菜は教授やコーイチの後ろで、仙龍が自分に頷くのを見た。

ここにいる。俺はいつでもここにいるから。

仙龍の声が心に聞こえて、その姿が啓明だったオオヤビコと重なった。

たたら製鉄が姿を消して、金屋子神は力を失い、今こそ因縁が解ける流れだ。それがどれほどたいへんでも、仙龍、コーイチ、和尚に教授、井之上や会社のみんなが力を貸してくれるなら、やり遂げられると春菜は思った。

オオヤビコが残した痣は、今は眠っているかのようだった。

エピローグ

翌四月。大安吉日。

よく晴れた日の朝に、春菜は仙龍に連れられてコーイチの産土だという九頭龍神社の境内にいた。標高一千メートル近い場所にある神社周辺はようやく梅が満開で、山々の尾根はまだ雪に覆われていた。

青く澄み渡った空に真っ白な雲が浮かんでいる。

五年の研鑽を積んだ見習い職人が晴れて一人前になる日の儀式を、隠温羅流では『法被式』と呼ぶらしい。この日、コーイチは純白の法被とともに曳家師としての『号』を賜り、次の見習い職人たちを教える立場になるのだという。

出会ったときからこの日を指折り数えて待っていたコーイチを知っているからこそ、春菜は玉砂利を敷き詰めた境内にいるだけで胸が熱くなる。いま、コーイチは仙龍や棟梁や隠温羅流四天王と、自分の両親とともに拝殿に座り、一人前になれたことを産土神に報告し、社業繁栄のご祈禱を受けている。ほかの職人たちも境内に立ち、コーイチへの加護を願っている。最後列から少し離れたところに仙龍の姉の珠青がベビーカーをひいていて、春菜は珠青の隣にいた。

仙龍たちが並ぶ列の前、神殿の正面にコーイチは一人で座り、頭を垂れて神主が振る純白の幣を受けている。参列者は全員礼装で、作業着姿と法被姿しか見たことがない春菜には新鮮だった。純白の法被を纏うと個が消されて『隠温羅流の一団』になる職人たちは、礼装では個々に特徴があり、初めて会ったような気がする。

神主は仙龍たちにもお祓いをし、次には拝殿の外れまで出てくると、境内にいる者たちの厄も祓った。春めいた日射しのなかを風がゆき、雪と芽吹きと巌の香りが漂った。

ベビーカーで、水色の毛布にくるまれて、珠青の息子はすやすやと眠っている。

この子が大人になる頃には導師の呪いが解けていますようにと、頭を垂れて春菜は祈った。オオヤビコを救えますように。導師を喪《うしな》うたびに隠温羅流とその家族が受けた悲しみが、正しく浄化されますように。

開かれた神殿を覗く無礼を畏れて伏したまま、宮司が神を送る声を聞く。

大地の唸りかケダモノの咆哮にも似たその声は、びゅう！　と一陣の風を呼び、春菜は見るのだ。小さきもの、おぼろげなもの、かしましいもの、奇っ怪な姿をしたものどもが、風を受けてどこかへ飛び去って行くさまを。祈りはどこへ届くのか。春菜は心で考えている。一人前になったコーイチは、何者の加護を受けるのか。自分は蠱峯神とどう戦い、誰に助けを求めるのだろうかと。

神社でご祈禱を受けたあとは場所を移して祝宴となる。

コーイチたちが拝殿を下りてくるのを見守りながら、珠青が言った。

「導師の因に手が届いたんですってね」

「はい。何が原因だったのか、やっと予測がつきました」

優しくベビーカーを揺すりながら、珠青はじんわり春菜を見る。

子供を産んだ直後の珠青は内側から光り輝くようだったけど、今は少し丸みを帯びて、険のある美貌《びぼう》が柔らかくなった。初めから綺麗《きれい》な人だったけど、今の珠青が一番素敵だ。

「棟梁が春菜さんのことを褒めてましたよ。強情っ張りのサニワだって」

春菜はきゅっと眉根を寄せた。

「それ、褒め言葉ですか?」

猫が笑ったような目をして、珠青は白い歯を見せた。

「立派な褒め言葉ですとも。貴女《あなた》を認めてなかったら、話題にすら出しゃしません」

それから目を上げて拝殿の階段を下りてくる棟梁を見た。

「……棟梁も歳をとったわねえ。若い頃はいい男だったのに、頭なんかハゲちゃって……父の昇龍が死んでから、ずっと親代わりだったから、大切な人が老いていくのは寂しいものね」

春菜も棟梁を見て言った。

「私も棟梁が大好きです。仕事で付き合うときは厳しいですけど」

赤ん坊が目を覚ましてムニャムニャと言い、珠青はしゃがんで子供の目を見た。

小料理屋の女将《おかみ》ではなく、母親の顔になっている。唇をすぼませ、言葉にならない言葉をかけてから、独り言のようにこう言った。

「春菜さん。仙龍さんのことをよろしくね」

「え」

しゃがんだままでこちらを見上げて、珠青はもう一度春菜に言う。

「早死にする弟を、精一杯に愛してあげて」

鼻の奥がツンとして、春菜はきゅっと唇を嚙んだ。

「そうはさせないつもりです。でも、万が一そうなることがあっても後悔しません」

愛し続けます、とは、恥ずかしくてとても言えなかった。

珠青は微笑み、「あら」と言って目を細め、その目を春菜の背後へ向けた。

「コーちゃんが飛んでくるわよ？　スーツを着てても猿っぽいのね」

振り返るとコーイチがまっしぐらに駆けてくる。頰を上気させ、満面の笑みだ。

「春菜さーん、珠青さーん。今日はほんとに、ありがとうございますっ」

ベビーカーを覗き込んで、

「力良《ちから》ちゃんもありがとね」

と笑う。春菜はコーイチに向かって姿勢を正し、

「おめでとうございます」

と、頭を下げた。ほんとうに、心から、嬉しかった。

「今から直会《なおらい》会場へ移動するっすよ。駐車場にマイクロバスが来てるんで」

境内の職人たちがゾロゾロと駐車場へ移動していく。

珠青の夫の青鯉《あおこい》が来て、ベビーカーの息子を抱き上げた。珠青は慣れた手つきで車を畳み、青鯉と一緒に境内を出て行く。

春菜はコーイチの両親が仙龍や棟梁と話しているのを眺めていた。

「コーイチのご両親ね?」

コーイチは恥ずかしそうに頭を掻いた。

「親を見られるってのは恥ずかしいっすね。なんつか、自分の未来を見せるみたいで」

そう言うので、笑ってしまった。コーイチの母親は小柄で丸々と太っていて、父親は色黒でガッチリとした体形ながら、お腹《なか》が前に突き出していた。

「コーイチはコーイチよ。スーツ、よく似合ってる」

「え、そうっすか?」

ニヤニヤが止まらないという顔をして、

「このあとで社長が白い法被を、棟梁が号をくれるんっすよ。やー……」

「緊張する？」
「そりゃしますって」
とコーイチは、ちょっと泣きそうな顔をした。
「ずっと想像してたんっすよね。自分の法被式のこと。んでも、やっとその日になった
ら、なんつか、こう……ずしっと──」
コーイチは境内の玉砂利に目を落とし、一呼吸して顔を上げた。
緊張した表情で春菜を見て、瞬きしてからこう言った。
「──責任感みたいなものを感じるんっす。子供の頃から憧《あこが》れだった隠温羅流になれるの
に、流派の重みが、すごく、こう」
「私のせい？　私がオオヤビコの因を解いたから」
「や、違うっす。そうじゃないっす」
珍しく、笑いもせずにコーイチは言う。
「あの法被を纏う資格がオレにあんのかなって、これからずっと問い続けるんだと思うん
っすよ。春菜さんが因を解いてくれたこと、俺らは感謝してるんす。それで、なんつー
か、ちょうどその節目のときに、俺が社長と一緒に曳き屋をやってるってことに運命みた
いなのを感じちゃうんっす」
「コー公！」

と、棟梁の声がした。見れば仙龍と棟梁が境内の外れに立っている。

「主役が遅れちゃ話にならねえよーっ」

「置いてくぞ！」

棟梁と仙龍にそう言われ、春菜はコーイチと顔を見合わせた。

「いま行くっす！」

駆け足で二人のほうへ向かうとき、コーイチが早口で訊いてきた。

「何だと思います？　俺の号」

どんな名前をもらえるかと訊いているのだ。

「使っている道具とか、役職とかが号になるんでしょ？」

「それもあるけど、号は職人の魂っすから」

「うーん……」

考えてみても、浮かばない。

「わからないわ」

と答えると、

「風鐸《ふうたく》っすよ」

コーイチは春菜の耳元に口を寄せ、そう言ってから「うへへ」と笑った。

「ふうたく？」

コーイチはコーイチだ、なんだかピンと来ない気がする。

「仏塔の軒に下がってる青銅の風鈴のことっすよ。風を受けた舌が身を鳴らす。俺は身軽だし、性格が瘴気を祓うからって棟梁が」

謂われを訊けばコーイチにピッタリの号だと思う。

「そうなんだ、素敵ね。コーイチにピッタリ」

「まだ内緒っすよ」

それで春菜は即座に決めた。風鐸と文字を彫った名刺入れをお祝いに贈ろうと。

コーイチは先に駆けていき、棟梁を連れて駐車場へ出て行った。

境内の外れで仙龍だけが春菜を待つ。

「会場を変えて祝宴だ。コーイチに法被が渡る」

スーツ姿の仙龍は、髪を撫でつけ、髭をきれいに当たっている。無骨な職人姿のときとは違い、知らない男のようにも見える。こうしていると企業の社長なんだなと思う。

自分は仙龍のことをなにも知らない。知っているのはもう二度と、こんなに誰かを好きになることはないだろうということだけだ。

「とても嬉しい。たぶん、コーイチと同じくらいに」

仙龍が腕を伸ばして春菜を誘う。駐車場へエスコートしていく。

春菜は仙龍と会ったばかりの頃に、真っ暗闇を歩かされたことを思い出した。あのときは、転ばないようウエストのベルトをつかまされたっけ。思わず笑うと仙龍が訊いた。

「何が可笑しい」

「なんでもないわ」

「春菜」

仙龍は名前で呼んだ。吉備津神社で痣が血を吹いたときも名前で呼ばれた気がしたが、空耳かもと思っていた。今までは、『おまえ』以外で呼ばれたことはなかったと思う。

「はい」

と、春菜は仙龍を見た。駐車場にはバスが止まっていて、職人たちが乗り込んでいく。コーイチが棟梁とバスに向かうと先輩職人がコーイチを取り囲み、せっかく整えた頭をぐしゃぐしゃに撫で、スーツの皺を引っ張った。嬉しそうなコーイチの声、職人たちのからかう声がここまで聞こえる。

「俺の嫁に来て欲しい」

と、仙龍は突然言った。

「一緒にいたい。これからもずっと」

春菜は驚き、心で思った。……いつも、いつも、なんでそう自分のペースで進めるの？私にだって心の準備があるじゃない。こういうときはああしようとか、こう言われたらこう返そうとか、お互いにいい年なんだから、もっと、こう……。

考えていると、仙龍は不安そうな顔で訊ねた。

「駄目か？」

「だっ」

思いどおりにことが運んだことなんて、人生で一度もなかった。でも、そういうのは私の人生じゃないと思って認めなかった。今ならわかる。それもこれも私の人生だ。みっともなくても、滑っても、転んでも、全部が私の生き様だ。春菜は答えた。

「駄目なわけない」

「オッケーなんだな？」

「だから、なんで即物的なの？　私にだって理想のプロポー……」

頬に仙龍の手が掛かる。目の前に影が差し、その唇が優しく触れた。幻のような、気のせいのような、ほんの一瞬の出来事だった。仙龍の息と唇は五月の風のようだった。離れた場所から歓声が上がり、バスの周りで隠温羅流の職人たちが手を叩いて慶《よろこ》んでいた。今日の主役のコーイチまでも、高く腕を挙げて手を叩く。バッカじゃないの、シンバル持ったお猿にそっくり。春菜は心で悪態《あくたい》をついて、涙を拭いながら笑ってしまった。

それは正真正銘春菜の涙で、オオヤビコが流したものではなかった。

神社を囲む森が揺れ、風が花びらをさらっていく。山の梅は花が質素で、それでも香りはたいそう甘く、春菜は心で自分に言った。

これからがたいへんよ。覚えることは山ほどあるし、あれもこれも大詰めなのよ。

仙龍と並んでバスへ向かって行く春菜を、不似合いなスーツ姿の棟梁が腕を伸ばして出迎えてくれた。


法被式の夜。

まだ祝宴の酒が残る棟梁は、風呂上がりに仏間に座ると、線香を上げてお鈴を鳴らした。今は細君が風呂へ行き、二人暮らしの家は静かだ。九頭龍神社は梅の盛りだったが、こちらの梅は散ってしまって、今は水仙の花が香っている。間もなく桜も咲くだろう。

棟梁の家の仏間には、自分や細君の両親のほか、歴代導師の遺影が並ぶ。どの導師も若く働き盛りであることが、やはり異様な気配を纏っている。齢四十二の厄年でこの世を去ると言葉で聞くのと、並んだ写真を見るのとでは印象がまったく違って、不条理な死を突きつけられたかのような無情さがある。

「始まりは大昔らしいよ」

線香を半分に折って火を灯し、仏壇に供えて棟梁は言った。

「どうする気かと思っていたが、あの若がなぁ、ついに腹を決めたんだ。目出度《めでた》いねぇ。なに、相手は珠青も真っ青な、肝の据わった娘だよ、心配いらねえ。口から血を吐きながら、なにもできねえよりずっといいって笑ってやがった」

棟梁は写真を順繰りに見た。

「諦めの悪いサニワには、諦めなくてもいい縁が寄ってくるとは思っていたんだ。だけどまさか本当にやってくれるとは思わなかった……中途半端《ちゅうとはんぱ》な希望を持たせた挙げ句、若や若い連中が気落ちするのは見たくねえなんて、俺も守りに入っていたよ……」

線香の煙が青白く位牌《いはい》のほうへとたなびいていく。静けさが気になって、棟梁は再びチーンとお鈴を鳴らす。

「わかってらぁ。俺も年取ったんだ、認めるよ。あのな……」

膝を崩してあぐらをかくと、煙草を出して吸い口をトントンと経机で叩いた。

「ご先祖様は金屋子さんの不興を買ったらしいんだ。まあ、でも気持ちはわかるよな。好いた女のためならば、俺だって矢を抜いたかもしれねえよ」

棟梁は煙草に火を点けた。深く吸い込み、煙を立てて、ホトケさんが味わえるよう線香立てに置き、自分用にも一本点けた。深々と吸い、鼻から煙を吐き出したとき、チーン……と勝手にお鈴が鳴って、棟梁は片方の眉をぐいっと上げた。

ホトケさんに上げた煙草の先が呼吸するように光っている。細長い煙が宙に漂い、薄暗い室内がさらに暗くなったように思えた。鼻先に冷気が落ちて、吐く息が白く凍《こお》って、ギ……ギシ……と、畳を踏む音がした。棟梁は振り返らずに先を続けた。

「昇龍か?」

答えはない。ロウソクの炎が玉のように膨《ふく》らんで、揺らめきがふと止まる。

「その娘はこうも言ったんだ。導師を縛っているのは金屋子さんで、瘴気を太い鎖に変えて奈落へ引き込もうとしていると。それで、あの子は考えたそうだ。いっそ自分が奈落の底まで下りていき、下から鎖を支えれば、鎖の動きは止まるんじゃねえかと」

ギ……ギシ……ギシ……足音は棟梁の背後で聞こえ、背筋にすうっと寒気を感じた。

「それであっしも目が覚めた。因縁祓いのプロだと思っていたが、隠温羅流の因縁に対しちゃ、覚悟ができてなかったなって。どっかで腰が退けてたねえ」

リーン……お鈴の音が微かに響く。

棟梁は、死んだ導師らが答えてくれているように思った。瞑目《めいもく》し、覚悟を決める。

「こんなジジイになってもさ、この世ならざるモノと対峙《たいじ》するのはおっかねえんだ。だけど、こっちはプロ中のプロだから。あんな小娘を血だらけにして、涼しい顔しているわけにはいかねえ。うちの連中も同じ気持ちだ。だけどさ、昇龍。どう思う?」

ロウソクの炎がぷくりと膨らむ。

仏間はますます暗くなり、位牌と写真だけがぼんやり浮かぶ。棟梁は頷いた。

「だよなあ。他人様の因縁を祓うのたぁわけが違うよ。身内に敵がいるようなもんだしな。弔《とむら》うべきご先祖様を敵に回して戦おうってんだ。小林先生や雷助和尚が一緒でも、いままでのようなわけにゃぁいくまい。そこでだ」

棟梁は煙草をもみ消し、座布団から下りて正座した。

真っ正面に手を合わせ、居並ぶ導師の写真に言った。

「頼む。どうか力を貸してやってくれ！　このとおりだ」

畳に額をこすりつけたとき、ミシ……と畳が大きく凹んだ。突っ伏した背中に視線を感じる。熱い、刺すような、けれどジンジンと強い視線だ。

棟梁は顔を上げ、やおら後ろを振り向いた。すると、

「なにを貸すんです？」

声と同時に仏間の襖がそろりと開いた。顔を出したのは細君で、頭にタオルを巻いている。室内にこもった煙草の臭いに眉をひそめて、

「またこんなところで煙草を吸って。仏壇に煙草を上げるのやめてくれませんか」

と言った。

「二本も点けて……火事になったらどうするの」

「ああそうだった。悪かった」

棟梁は苦笑して、消えた煙草を二本指でつまんだ。

細君はまだ室内を見渡している。

「エアコンでもつけたんですか？　あまり冷えると湯冷めしますよ」

空気は徐々に普通の温度になろうとしていた。仏壇のロウソクはチラチラと燃え、線香は燃え尽きた。棟梁はロウソクの火を消すと、線香の灰を平《なら》らに均した。

「そうだな。熱い茶を飲むか？　飲むなら俺が淹れてやる」

「あら、優しいこと」

二人が仏間を出て行ったとき、再びギシリと畳が鳴った。

導師を含め隠温羅流の職人たちには死期の知らせが届くといわれる。棟梁がいた場所に、背の高い男の影がふうと立つ。精悍ながら涼しげな目元、整った顔は、仙龍の父親で棟梁の甥、四十二歳の厄年にこの世を去った昇龍だった。

白装束に身を包んだ彼が、最初の使者として棟梁の枕元《まくらもと》へ訪れることを、このときはまだ、誰も知らない。

【吉備津神社】

備前国と備中国の境となる吉備中山の北西に鎮座する備中国の一の宮である。主祭神は大吉備津彦大神。相殿に御友別命《みともわけのみこと》、仲彦命《なかつひこのみこと》、千々速比売命《ちちはやひめのみこと》、倭迹々日百襲姫命《やまとととひももそひめのみこと》、日《ひ》子刺肩別命《こさすかたわけのみこと》、倭迹々日稚屋媛命《やまとととひわかやひめのみこと》、彦寤間命《ひこさめまのみこと》、若日子建吉備津日子命《わかひこたけきびつひこのみこと》。本殿及び拝殿は国宝。御釜殿、北随神門、南随神門は国の重要文化財。境内を貫く長い回廊は岡山県指定重要文化財に認定されている。

【西比田金屋子神社】

全国に千二百社もあるといわれる金屋子神社の本社。製鉄に関わる多くの者たちの信仰を集めている。金山日子神《かなやまひこのかみ》、金山姫神《かなやまひめのかみ》のほか十五柱を祀っている。総ケヤキ造りの社殿は県指定文化財。拝殿内ケヤキ一枚戸にある龍の彫刻は荒川亀斉の作である。

参考文献

『家が動く！　曳家の仕事』一般社団法人　日本曳家協会編（水曜社）
『鉄のまほろば　山陰　たたらの里を訪ねて』（山陰中央新報社）
『和鋼風土記　出雲のたたら師』山内登貴夫（角川選書）
『神になった日本人　私たちの心の奥に潜むもの』小松和彦（中公新書ラクレ）
『吉備津神社　吉備津彦神社　桃太郎伝説の地をめぐる（週刊神社紀行）』（学研）
『岡山県の歴史散歩』岡山県の歴史散歩編集委員会編（山川出版社）
「吉備の国　寺社巡り　保存版　岡山の主要な寺社を巡る旅」（山陽新聞社）
『吉備津神社』著：藤井駿　写真：坂本一夫（岡山文庫）

本書は書き下ろしです。
この物語はフィクションです。実在の人物・団体とは一切関係ありません。

〈著者紹介〉

内藤 了（ないとう・りょう）

長野市出身。長野県立長野西高等学校卒。2014年に『ON』で日本ホラー小説大賞読者賞を受賞しデビュー。同作からはじまる「猟奇犯罪捜査班・藤堂比奈子」シリーズは、猟奇的な殺人事件に挑む親しみやすい女刑事の造形がホラー小説ファン以外にも広く支持を集めヒット作となり、2016年にテレビドラマ化。

蠱《や》峯《ね》神《がみ》　よろず建物因縁帳《たてものいんねんちょう》

2021年6月15日　第1刷発行
2024年10月28日　第4刷発行
定価はカバーに表示してあります

著者……………………内藤《ないとう》 了《りょう》

発行者……………………篠木和久
発行所……………………株式会社 講談社
〒112-8001 東京都文京区音羽2-12-21
編集03-5395-3510
販売03-5395-5817
業務03-5395-3615

KODANSHA

本文データ制作……………講談社デジタル製作
印刷……………………株式会社ＫＰＳプロダクツ
製本……………………株式会社ＫＰＳプロダクツ
カバー印刷………………株式会社新藤慶昌堂
装丁フォーマット…………ムシカゴグラフィクス
本文フォーマット…………next door design

ISBN978-4-06-523771-7　N.D.C.913　288p　15cm

地獄の犬がやってくる。

善人にも悪人にも、
別け隔てなく。

警視庁
異能処理班
ミカヅチ 第三弾

／内藤了

講談社タイガ

2023年初頭、物語は動く。望むとも、望まずとも。

呪《のろ》いのかくれんぼ、死の子守歌、祟《たた》られた婚礼の儀、トンネルの凶事、
桜の丘の人柱、悪魔憑《つ》く廃教会、生き血の無残絵、雪女の恋、そして——

これは、〝サニワ〟春菜《はな》と、建物に憑く霊を鎮魂する男——仙龍《せんりゅう》の物語。

よろず建物因縁帳

内藤了

講談社タイガ

講談社タイガ

よろず建物因縁帳シリーズ

内藤 了

鬼の蔵

よろず建物因縁帳

山深い寒村の旧家・蒼具《あおぐ》家では、「盆に隠れ鬼をしてはいけない」と言い伝えられている。広告代理店勤務の高沢《たかざわ》春菜《はな》は、移転工事の下見に訪れた蒼具家の蔵で、人間の血液で「鬼」と大書された土戸を見つける。調査の過程で明らかになる、一族に頻発する不審死。春菜にも災厄が迫る中、因縁物件専門の曳《ひ》き屋《や》を生業《なりわい》とする仙龍《せんりゅう》が、「鬼の蔵」の哀しい祟《たた》り神の正体を明らかにする。

講談社
タイガ

よろず建物因縁帳シリーズ

内藤 了

首洗い滝
よろず建物因縁帳

クライマーの滑落事故が発生。現場は地図にない山奥の瀑布《ばくふ》で、近づく者に死をもたらすと言われる「首洗い滝」だった。広告代理店勤務の高沢《たかざわ》春《は》菜《な》は、生存者から奇妙な証言を聞く。事故の瞬間、滝から女の顔が浮かび上がり、泣き声のような子守歌が聞こえたという。滝壺より顔面を抉《えぐ》り取られた新たな犠牲者が発見された時、哀しき業を祓《はら》うため因縁物件専門の曳《ひ》き屋《や》・仙龍《せんりゅう》が立つ。

講談社タイガ

相沢沙呼

小説の神様

イラスト
丹地陽子

僕は小説の主人公になり得ない人間だ。学生で作家デビューしたものの、発表した作品は酷評され売り上げも振るわない……。物語を紡ぐ意味を見失った僕の前に現れた、同い年の人気作家・小余綾詩凪《こゆるぎしいな》。二人で小説を合作するうち、僕は彼女の秘密に気がつく。彼女の言う〝小説の神様〟とは？　そして合作の行方は？　書くことでしか進めない、不器用な僕たちの先の見えない青春！

講談社
タイガ

相沢沙呼

小説の神様

あなたを読む物語（上）

イラスト

丹地陽子

もう続きは書かないかもしれない。合作小説の続編に挑んでいた売れない高校生作家の一也《いちや》は、共作相手の小余綾《こゆるぎ》が漏らした言葉の真意を測りかねていた。彼女が求める続刊の意義とは……。

その頃、文芸部の後輩成瀬《なるせ》は、物語を綴るきっかけとなった友人と苦い再会を果たす。二人を結びつけた本の力は失われたのか。物語に価値はあるのか？　本を愛するあなたのための青春小説。

講談社
タイガ

相沢沙呼

小説の神様
あなたを読む物語（下）

イラスト
丹地陽子

あなたのせいで、もう書けない。親友から小説の価値を否定されてしまった成瀬《なるせ》。書店を経営する両親や、学校の友人とも衝突を繰り返す彼女は、物語が人の心を動かすのは錯覚だと思い知る。

一方、続刊の意義を問う小余綾《こゆるぎ》とすれ違う一也《いちや》は、ある選択を迫られていた。小説はどうして、なんのために紡がれるのだろう。私たちはなぜ物語を求めるのか。あなたがいるから生まれた物語。

講談社
タイガ

久賀理世

ふりむけばそこにいる
奇譚蒐集家　小泉八雲

イラスト
市川けい

19世紀英国。父母を亡くし、一族から疎《うと》まれて北イングランドの神学校に送られたオーランドは、この世の怪を蒐集《しゅうしゅう》する奇妙な少年と出会う。生者を道連れに誘う幽霊列車、夜の寄宿舎を彷徨《さまよ》う砂男と聖母マリアの顕現《けんげん》、哀切に歌う人魚の木乃伊《ミイラ》の正体とは。怪異が、孤独な少年たちの友情を育んでゆく。のちに『怪談』を著したラフカディオ・ハーン——小泉八雲《こいずみやくも》の青春を綴《つづ》る奇譚《きたん》集。

講談社
タイガ

久賀理世

ふりむけばそこにいる　奇譚蒐集家 小泉八雲

罪を喰らうもの

イラスト
市川けい

親族に疎まれ失意のまま辺境の神学校に編入したオーランドは、この世の怪を蒐《あつ》める不思議な少年と出会う。のちに日本で『怪談』を著したラフカディオ・ハーン――小《こ》泉《いずみ》八《や》雲《くも》が英国で過ごしたまばゆい青春と友情の記録。日に日に恐るべき速さで成長する子どもが彼らのもとをおとずれる奇譚「名もなき残響」、姿を消した黒猫と死を呼ぶ青い蝶《ちょう》を巡る「Heavenly Blue Butterfly」、他一編。

講談社
タイガ

美少年シリーズ

西尾維新

ぺてん師と空気男と美少年

イラスト
キナコ

私立指輪《ゆびわ》学園で暗躍する美少年探偵団。正規メンバーは団長・双頭院学《そうとういんまなぶ》、副団長にして生徒会長・咲口長広《さきぐちながひろ》、番長だが料理上手の袋井満《ふくろいみちる》、学園一の美脚を誇る足利飆太《あしかがひょうた》、美術の天才・指輪創作《そうさく》だ。縁あって彼らと行動を共にする瞳島眉美《どうじままゆみ》は、ある日とんでもない落とし物を拾ってしまう。それは探偵団をライバル校に誘《いざな》う『謎』だった。美学とペテンが鎬《しのぎ》を削る、美少年シリーズ第二作！

講談社
タイガ

凪良ゆう

神さまのビオトープ

イラスト
東久世

うる波《は》は、事故死した夫「鹿野《かの》くん」の幽霊と一緒に暮らしている。彼の存在は秘密にしていたが、大学の後輩で恋人どうしの佐々《ささ》と千花《ちか》に知られてしまう。うる波が事実を打ち明けて程なく佐々は不審な死を遂げる。遺された千花が秘匿するある事情とは？機械の親友を持つ少年、小さな子どもを一途に愛する青年など、密やかな愛情がこぼれ落ちる瞬間をとらえた四編の救済の物語。

講談社 タイガ

凪良ゆう

すみれ荘ファミリア

下宿すみれ荘の管理人を務める一悟《いちご》は、気心知れた入居者たちと慎《つつ》ましやかな日々を送っていた。そこに、芥《あくた》と名乗る小説家の男が引っ越してくる。彼は幼いころに生き別れた弟のようだが、なぜか正体を明かさない。真っ直ぐで言葉を飾らない芥と時を過ごすうち、周囲の人々の秘密と思わぬ一面が露《あら》わになっていく。愛は毒か、それとも救いか。本屋大賞受賞作家が紡ぐ家族の物語。